MIL E QUINHENTOS

o ano do desaparecimento

Alan Oliveira

GAIVOTA

São Paulo – 2012

Título *Mil e quinhentos: o ano do desaparecimento*
Copyright texto © *Alan Oliveira*
Revisão *Elisa Zanetti, Nathália Dimambro e Eugênia Souza*
Capa e projeto gráfico *Monique Sena* e *Tadeu Omae*
Imagens *Adaptações de gravuras de Jean-Baptiste Debret e Hans Staden*
Coordenação Editorial *Elisa Zanetti – Editora Gaivota*

1ª edição – 2012

Dados Internacionais de Catalogação na Publicação (CIP)
(Câmara Brasileira do Livro, SP, Brasil)

Oliveira, Alan
Mil e quinhentos: o ano do desaparecimento /
Alan Oliveira. – São Paulo: Editora Gaivota, 2012.

ISBN 978-85-64816-20-6

1. Literatura infantojuvenil I. Título.
12-00303   CDD-028.5

Índices para catálogo sistemático:
1. Literatura infantojuvenil 028.5
2. Literatura juvenil 028.5

Edição em conformidade com o acordo ortográfico da língua portuguesa.

Todos os direitos desta edição reservados à Editora Gaivota Ltda.
Rua Coronel José Eusébio, 95 – Vila Casa 119-A
Higienópolis – CEP 01239-030
São Paulo – SP – Brasil
Tel: (11) 3081-5739 Fax: (11) 3081-5741
E-mail: gaivota@editoragaivota.com.br
Site: www.editoragaivota.com.br

MIL E QUINHENTOS

QUINHENTOS

o ano do desaparecimento

O capitão caminhava aquecendo-se em volta da fogueira com as mãos entrelaçadas logo abaixo do umbigo. Vez ou outra olhava com ternura a nau ancorada lá adiante, embalada pelo mar crespo. Observá-la encurtava os dias que faltavam para retornar a Portugal.

Admirava o céu de maio e suspirava saudoso quando a primeira flecha o atingiu no peito. Ajoelhou-se dominado pela dor e sussurrou o nome de Jesus, antes que a segunda se cravasse pouco acima do queixo e o derrubasse sobre as chamas que antes o aqueciam.

– Ataaaaque!

Nem bem tinha terminado de dar o alarme, o marinheiro foi agarrado pela cintura. O golpe que recebeu fez com que sua cabeça pendesse para direita fazendo *cloc,* como uma fruta explodindo ao bater no solo.

Os soldados de guarda deixaram seus postos, acordando aos pontapés os que ainda dormiam. O grumete levantou-se rápido, ajeitando a camisa dentro da calça.

– O que foi? – perguntou ao cozinheiro, que o despertara.

– Os selvagens...

Confuso, o jovem tentava repetir a pergunta quando

uma flecha atravessou seu braço, carregando pequenos fragmentos de músculos ao surgir do outro lado.

– Pai, olhai por nós! – o padre implorou. Depois tirou o terço de prata que rodeava sua cintura, colocando-o junto ao peito e, agachando-se ali mesmo onde estava, iniciou uma sofrida oração.

Os indígenas atacavam em ondas que surgiam da mata e se espalhavam arrasando tudo; portugueses sonolentos caíam golpeados antes que tivessem tempo para um último bocejo.

Tentando se proteger, o padre decidiu sair dali. Engatinhou para fora do acampamento e escalou a face enrugada de um rochedo, até cair exaurido no mirante sobre a clareira onde os homens lutavam.

O cheiro de pólvora infestava o ar, a fumaça dos tiros subia serpenteando antes de desaparecer na copa das árvores, mas o silêncio da derrota já pousava aqui e ali.

Enfraquecidos pela surpresa do ataque, os portugueses se ocuparam mais em tentar escapulir que em lutar. Alguns dispararam aterrorizados em direção às montanhas, outros caíram na água e conseguiram alcançar o navio.

Um pequeno grupo de sobreviventes foi obrigado a aguardar ajoelhado diante da cruz, prisioneiros.

Observando os últimos movimentos no acampamento, o padre agarrava o terço com tanta força que pequenos ferimentos surgiam nas linhas da mão. Já que não adiantava mais pedir pela vida dos homens, começou a rezar para não perder a sua.

Compenetrado, assustou-se com o estalo de gravetos e levantou a cabeça para descobrir onde quebravam. O choque com o que viu fez com que apressasse as orações. Apertou um pouco mais o crucifixo, sem sentir a dor dos cortes.

Quando o indígena parou à sua frente, iluminado pelo suave clarão da lua, o religioso balbuciou incrédulo:

– Você... não pode ser...

As diversas pinturas espalhadas pelo corpo não escondiam a pele branca, ainda que curtida pelo sol. Os cabelos desalinhados escorregavam sobre a testa, mas não ocultavam os olhos azuis. Mesmo assim o padre custava a acreditar e gaguejava, descontrolado tanto pela proximidade da morte quanto pela descoberta:

– Um eu... ro... pe... peu... voc...

Aquele que o religioso chamara de europeu levantou sua borduna como quem ergue um recém-nascido, cuidadoso e cerimonial. Mas quando a desceu para aplicar o golpe, foi tão rápido que o padre mal conseguiu ver a sombra da arma, ouvindo apenas o *zum* da madeira contra o vento, antes de ser atingido.

O guerreiro sequer olhou para o corpo estendido. Virou-se na direção das fogueiras e caminhou até os homens de sua tribo, tupinambá.

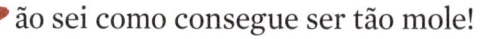

—Não sei como consegue ser tão mole!

– Não enche! Não vê que estou quase correndo?

– Claro, rápido como uma tartaruga!

– Ah, é? Olha só!

Rafael largou a trouxa de roupa que trazia pendurada às costas e começou a correr. O solo coberto de areia não o impedia de avançar ligeiro sobre a vegetação rasteira. Bruno estava em seu encalço gritando com os braços abertos. Quando alcançou o irmão, os dois deitaram em silêncio num colchão de folhas enquanto recuperavam o fôlego.

– Quando chegamos? – Rafael perguntou.

– Se aquele taberneiro estiver certo, a cidade fica logo depois daqueles montes lá adiante. Chegaremos tão rápido quanto pudermos andar.

Bruno levantou, apanhou a trouxa do irmão, que ficara jogada lá atrás, e recomeçou a caminhar. Rafael o seguiu, chutando as pedras que encontrava pela frente.

As ruas de Lisboa fervilhavam; um caos formado por pessoas, animais, carruagens refinadas e carroças arruinadas.

Os dois irmãos entraram pela parte norte, onde pequenos agricultores se misturavam aos barulhentos pescadores num amontoado de barracas.

Eram os primeiros dias de um março embalado pelos

ventos úmidos que vinham do litoral. Com a partida próxima da esquadra de Pedro Álvares Cabral para as Índias, a capital tornara-se uma espécie de feira gigante, e além do comércio confuso e variado era possível apreciar pequenos grupos de teatro ambulante, cantores, artistas de circo, poetas e músicos que transformavam cada esquina num palco.

– Bem que podíamos viver aqui! – Rafael sugeriu, entusiasmado com a agitação de Lisboa.

– Não, nosso lugar é lá... – Bruno disse, apontando a faixa arredondada de água que surgira com aspecto de chumbo derretido, logo acima do telhado das casas.

– O mar... – Rafael sussurrou.

– Ainda não, quase... – Bruno corrigiu. Depois começaram a correr, reiniciando a eterna disputa entre eles. Quando fizeram uma curva deixando as casas e o zumbido frenético do comércio para trás, deram numa praça cujo maior atrativo era a vista que oferecia. Os dois irmãos sentaram olhando, em silêncio.

Adiante, estendo-se no horizonte, o Tejo era emoldurado pelas montanhas que o cercavam dos dois lados. Podia-se enxergar, aqui e ali, pequenas embarcações que deslizavam calmamente até sumirem na neblina que cobria parte da água.

– Vamos... – Bruno falou.

– Aonde?

– Precisamos conseguir um lugar para dormir, antes que anoiteça.

– Será que nos aceitariam no castelo do rei?

– Claro, como carne para a sopa dos soldados.

Os dois riram enquanto se punham a caminho. Um ferreiro que consertava a roda de sua carroça diante de uma loja de quinquilharias os informou sobre um estábulo onde conseguiriam cama e comida.

– Um estábulo?

– É, mas não se preocupem. Os cavalos não vão se incomodar com a presença de vocês.

Com algum esforço, conseguiram descobrir no labirinto de becos o lugar indicado pelo homem. É verdade que fora um estábulo, mas há muito se transformara em dormitório. Um senhor calvo de imensas orelhas mastigava pedaços de feno enquanto olhava o movimento da rua. Atrás dele um amontoado de camas espalhava-se desordenadamente onde antes ficavam os cavalos.

– Senhor! – Bruno chamou a título de cumprimento. O homem resmungou alguma coisa e estendeu a mão. Como os dois garotos continuassem quietos, foi obrigado a explicar:

– Uma moeda por um catre, duas se os potrinhos precisarem de uma ração de feno com batata.

– E se a gente quiser uma cama limpa e um prato de sopa cheio de carne? – Bruno provocou.

– Então que um raio os parta! Isto é uma estalagem, não a casa de um duque.

– Por nossas origens não deveríamos, mas vamos ficar – Bruno falou, imitando um nobre ofendido e provocando risos no irmão. Entregaram as moedas ao homem e escolheram um lugar junto à porta para fugir do mau cheiro. Depois de jogarem suas sacolas sobre a cama, foram para a mesa, separada do dormitório apenas pelo mourão onde antes eram amarrados os cavalos.

Esperavam que a criada os servisse, quando os hóspedes começaram a chegar. Na sua maioria vagabundos que simplesmente pulavam daqui para ali, mas havia marinheiros, aventureiros de toda espécie e artistas tentando ganhar algum dinheiro no burburinho da cidade. Chegavam sujos e cansados, mas poucos se davam ao trabalho de sequer lavar as mãos. Mal sentavam, começavam a reclamar da demora. A velha empregada praguejava enquanto trazia as panelas fumegantes. Os irmãos Scalfi olhavam tudo com intensa curiosidade e por conta disso notaram Jean Marc, assim que ele entrou.

O garoto magro e desalinhado era o único ali que parecia ter a mesma idade dos dois.

– Então, o que meu amor cozinhou para mim? – Jean Marc perguntou depois de encontrar um lugar nos bancos.

– A lavagem que você merece...

O jovem olhou para os homens com ar de galhofa e completou:

– Ela está assim porque me viu acenando para umas pequenas. Ninguém consegue controlar seus ciúmes.

A velha não evitou um sorriso quando entregou o prato ao garoto. Jean Marc reparou nos dois irmãos que o observavam.

– Algum problema, amigos? – perguntou com um sotaque suave, como se as palavras escorregassem entre os dentes antes de saírem.

– Nenhum – Rafael respondeu, baixando os olhos e se concentrando no caldo esverdeado que a mulher dissera ser sopa.

– Espero que nas Índias nos sirvam algo que não pareça água de chuva escorrendo sobre a bosta dos cavalos – alguém gritou.

– E eu espero que um muçulmano se dê ao trabalho de cortar sua cabeça por lá – a criada respondeu.

Enquanto todos riam, Bruno parou de comer, observando o homem. Jean Marc puxou conversa com o marinheiro.

– Vai embarcar?

– Claro que vou – o sujeito respondeu arregaçando a

manga da camisa e mostrando o braço largo e musculoso. – Um rei dos mares não poderia ficar de fora...

– Ora, mudou de reinado? Você não era o rei dos piolhos? – disse o garoto fingindo surpresa.

– Quer provar disto aqui? – o homem perguntou mostrando os punhos.

– Não, obrigado. Esta sopa já me basta.

O marinheiro continuou a falar:

– Vamos voltar com os navios abarrotados de especiarias. Aí digo adeus a esta vida miserável e a vocês, bando de asnos maltrapilhos.

– Quando os navios partem? – interveio Bruno. O sujeito respondeu sem levantar a cabeça de seu prato:

– Em cinco dias estaremos no mar.

– Ainda precisam de homens?

Finalmente olhou para Bruno.

– De que homens você está falando?

– Eu e meu irmão.

O marinheiro levantou e abriu os braços apontando para os Scalfi.

– Vejam... dois pintinhos desgarrados querendo brincar de homens.

Depois, sem aviso algum e para surpresa de Rafael, esticou-se e agarrou sua orelha, fazendo-o gemer de dor enquanto tentava se livrar. Bruno puxou a pequena faca de um bolso costurado pela parte de dentro da calça e balançou-a na direção do marinheiro.

– Quer ver se sei brincar de homem direito?

O marinheiro gargalhou e soltou Rafael, cuja orelha brilhava feito um tomate maduro. A comida foi esquecida, e os hóspedes passaram a se divertir apreciando o homem tentar deitar seus braços sobre o garoto, que se esquivava ao mesmo tempo em que procurava enfiar a lâmina em algum lugar do corpo grande. O estalajadeiro apareceu berrando:

– Não quero saber de brigas aqui dentro! Vocês dois aí! – gritou apontando para Bruno e Rafael. – Juntem seus trapos e saiam, tratem de procurar outro canto para dormir.

– Mas... – Rafael tentou argumentar.

– Deixa – Bruno disse, segurando o irmão pelo braço e ajudando-o a se levantar do banco. Rafael olhou inconformado para o prato ainda cheio e agarrou um pedaço de pão antes de sair. Bruno estendeu a mão e ficou olhando para o estalajadeiro.

– Que foi? – o homem fez-se de desentendido.

– Nosso dinheiro...

– Ora, vá procurar dinheiro com a infeliz que te colocou no mundo!

Antes que o comerciante pudesse perceber o que estava acontecendo, Bruno levantou a lâmina e encostou entre os olhos dele.

– Se não quer a gente aqui, vamos embora, mas não sem nosso dinheiro.

Surpreso pela ferocidade e rapidez do garoto, o homem se apressou em enfiar a mão no alforje preso à cintura.

– Agora desapareçam! – gritou depois de entregar as moedas. Bruno apanhou o dinheiro e os dois saíram.

A noite já encobria Lisboa, um vento morno assobiava quando corria sobre o telhado dos sobrados.

– Onde vamos dormir? – Rafael perguntou com a cara emburrada, ainda sonhando com a sopa aguada e suspeita que deixara para trás.

– Arranjaremos um lugar. Mas é melhor comermos alguma coisa primeiro.

Entraram pela porta mal iluminada de um porão. Dois homens bebiam em silêncio enquanto um outro corrigia números numa folha. Bruno pediu um pedaço de queijo e uma garrafa de vinho. Rafael tirou as moedas e jogou sobre o balcão. O homem abriu a torneira de um barril que ficava às suas costas e encheu uma garrafa com meio litro de um vinho rosado e cheiroso. Depois cortou três quartos de um queijo e entregou a eles. Rafael agarrou sua parte e saiu mastigando porta afora.

– Você não devia estar bebendo... – resmungou entre uma e outra mordida.

– E por que não?

– A mamãe dizia...

– Mamãe está morta.

Rafael não disse mais nada. Mastigou o resto de seu queijo afastando-se do irmão.

– Você não tem de ficar assim – Bruno falou, aproximando-se. Rafael enxugava uma lágrima, passando o cotovelo sobre o olho. – Eles estão mortos e ninguém vai mudar isto.

– Vamos ficar juntos para sempre? – Rafael perguntou, acariciando a medalha de prata que pendia por dentro de sua blusa.

– Claro que sim. Nada nem ninguém jamais vai separar os irmãos Scalfi. E se um dia eu arranjar uma esposa, prometo que te contrato como o cão da casa, só para continuarmos juntos – Bruno respondeu, ajeitando no pescoço de Rafael o cordão que prendia a medalha.

– O cão?!

– Mas te trato bem. Ossos e carne de ganso todos os dias...

– Au au! – Rafael berrou pulando sobre o irmão.

– Ficou maluco? – Bruno falou empurrando-o.

– Tô treinando... gostei da proposta – Rafael explicou.

Bruno riu e depois disse:

– Agora vem, temos de encontrar um lugar para dormir.

A igreja que escolheram como dormitório ficava quase em frente ao porto. Ainda que o Tejo estivesse oculto pelos casarões comerciais, era possível ouvi-lo batendo contra o muro de pedras.

Rafael enroscou-se e apagou tão rápido que mal teve tempo de cobrir as pernas com a manta surrada. Bruno ficou ouvindo a água roçando no costado dos barcos enquanto dava os últimos goles no vinho fraco. Adormeceu debruçado sobre os joelhos de Rafael.

Na manhã seguinte caminhavam sem rumo na feira junto ao porto quando viram Jean Marc. O garoto se esgueirava entre dois cavalos tentando alcançar as maçãs de uma barraca. Enfiou quatro pelos bolsos da calça, que arriou um pouco quando ele começou a correr driblando os cestos de peixe espalhados no chão. O comerciante só teve tempo de gritar:

– Ladrãozinho de uma figa!

Os irmãos o seguiram e o encontraram mastigando tranquilamente uma das frutas atrás da igreja. Jean Marc, acreditando que estavam ali a mando do comerciante, levantou para correr, mas no segundo olhar reconheceu os garotos expulsos da estalagem na noite anterior. "Ora, vejam só quem ainda não morreu..." disse, e depois sentou novamente mordendo a maçã. Famintos, os irmãos grudaram os olhos de tal forma na fruta que o francês se sentiu obrigado a oferecer uma para que os Scalfi repartissem.

– Vocês não têm cara de portugueses – Jean Marc falou, observando os dois. Foi Rafael quem explicou:

– Nossos pais eram italianos, mas nascemos em Portugal. E você, de onde é?

– Lyon. Abandonei a casa de meus pais para correr o mundo – o francês falou, remexendo nos cabelos avermelhados e se levantando. – Bom, a companhia de vocês me agradou muito, mas preciso ir.

– Aonde? – Rafael quis saber.

– Conseguir um lugar nos navios que partem para as Índias.

Bruno quase atropelou o garoto quando parou na sua frente e o impediu de continuar andando.

– Você vai naquelas caravelas?

– Por isto estou aqui.

– Queremos ir também.

– Já navegaram antes?

– Não, mas isto não é problema...

– Não? Vocês fariam o quê? Ficariam olhando o mar e contando as ondas?

– O que vamos fazer não importa. Onde estão escolhendo os homens?

– Existe um lugar...

– Então vamos.

Bruno começou a andar. Jean Marc ficou olhando surpreso até que Rafael o puxou pelo braço.

– Meu irmão é assim mesmo.

O lugar era um galpão sujo, úmido e escuro, mas cuja agitação fazia parecer um formigueiro transbordando de atividades; grupos de mais ou menos duzentos homens formavam um par de filas que vira e mexe eram corrigidas pelas pancadas dos soldados.

Uma centena de pombos observava a algazarra empoleirados na viga principal do galpão. A única distração dos homens enquanto aguardavam a lenta movimentação das filas era tentar derrubá-los usando o que tivessem à mão. Um "hurraaaaa!" poderoso era ouvido cada vez que um dos pombos era atingido. Então as filas se misturavam até que a distribuição de pancadas conseguia organizá-las novamente.

Os irmãos Scalfi se sentiram tão fascinados quanto intimidados pela multidão que apanhava e aplaudia, ria e xingava, empurrava e cantava. Estavam paralisados, admirando aquela espécie de circo quando Jean Marc os empurrou para a fila que parecia menor.

Uma dúzia de guardas reais postava-se cerimoniosamente ao lado das duas mesas onde estavam sentados os anotadores.

Eram tantas cabeças impedindo a visão, que os garotos só puderam observar esta cena quando – quase três horas depois de chegarem ali – começaram a ser chamados. Bruno foi o primeiro:

– Nome?

– Bruno Scalfi.

– Já navegou antes?

– Sim senhor, estive na esquadra do grande capitão Vasco da Gama – o garoto mentiu.

O homem levantou a cabeça e olhou para ele:

– Seu nome consta nos livros?

– Claro senhor, pode conferir.

O anotador pensou em folhear o grosso volume que pesava sobre a mesa, mas desistiu.

– Profissão?

– Agricultor, senhor.

– Está pensando em plantar batatas no oceano?

– Desculpe senhor, sou... ajudante de...

O homem ficou impaciente. Repetiu em voz alta quando anotou: "grumete".

– Agora saia e espere ali – falou apontando para o fundo do galpão.

Bruno foi arrastando sua sacola até lá. Quase uma hora depois, Jean Marc e Rafael lhe faziam companhia.

– Que droga é um grumete? – perguntou ao francês,

quando se aproximaram.

– É a ralé mais baixa da tripulação... ajudante do ajudante... saco de pancadas de todo mundo.

– Não importa – Bruno conformou-se –, desde que esteja num daqueles navios.

Quando finalmente o último nome do dia foi registrado pelos anotadores, ouviu-se a batida ritmada de um tambor que só cessou quando um representante da casa real se postou à frente dos homens para anunciar:

– Aqueles cujos nomes acabam de ser escritos nestes livros serão examinados pelos cirurgiões. Os que estiverem em condições, embarcarão.

Ouviu-se um murmurinho logo seguido de assobios.

– Cirurgião? – Bruno estranhou a palavra.

– Não se preocupe. São uns sujeitos com cara de bruxo que nos olham com menos interesse do que se comprassem um burro. Se você não estiver à beira da morte, pode contar como certo que embarcará.

Ouvindo aquilo Bruno agarrou o irmão pelo braço e puxou-o de encontro ao peito, iniciando uma dança em que primeiro saltava para depois rodar Rafael feito um pião, que gargalhava a cada arremesso. Jean Marc bateu palmas marcando o ritmo, enquanto também ensaiava alguns passos de uma folia desajeitada.

Estavam felizes. Eram jovens, destemidos, e giravam no centro de um mundo curioso e febril. E, o mais importante: embarcariam em breve para as distantes e exóticas terras das Índias.

O dia nove de março de 1500 amanheceu limpo e azul.

Mas a algazarra da noite anterior ainda não silenciara, como não silenciara um segundo sequer na última semana. A proximidade da partida tornara Lisboa uma cidade em animação permanente.

No porto de Restelo, as três caravelas e as dez naus balançavam impacientes, aguardando o momento de zarparem. Formavam um emaranhado de embarcações tão impressionante que pareciam o quadro de um pintor inspirado.

A partida tinha sido programada para o dia anterior, mas o mau tempo obrigara os navios a permanecerem ancorados. Depois de celebrada uma missa assistida pelo rei de Portugal, dom Manuel I, Pedro Álvares Cabral foi levado num pequeno barco até seu navio, sob o barulho dos canhões que atiravam em terra saudando a fabulosa esquadra.

Os irmãos Scalfi, assim como seu amigo francês, faziam parte do grupo escolhido para servir na Nau Capitânia, a embarcação principal. Empoleirados na proa, puderam observar de perto o almirante subir a bordo auxiliado pelos soldados que pertenciam à sua guarda pessoal. Vestia uma capa de veludo vermelha cheia de brocados tilintando como pequenos sinos. Atrás dele embarcaram dez religiosos, que partiam para as Índias com a missão de levar o santo nome da Igreja Católica aos infiéis no outro lado do mundo.

Logo que o ritual de sua chegada ao navio terminou, o elegante Pedro Álvares Cabral colocou-se cerimoniosamente junto ao leme e fez um sinal. Imediatamente os homens que estavam no cais começaram a soltar as amarras, enquanto marinheiros se esforçavam para recolher as enormes âncoras.

Finalmente, estimulado pela ambição comercial e impulsionado pelo vento, o cortejo imponente das embarcações iniciou sua lenta partida.

Entre soldados, frades franciscanos, cosmógrafos, marinheiros, grumetes e funcionários burocráticos, cerca de 1500 almas se amontoavam nos navios.

Para trás ficavam as mães desconsoladas, as esposas abandonadas, os filhos pequenos, as amantes compreensivas, as noivas enganadas, o Tejo, Portugal, a Europa. À frente os esperava o Atlântico, tão misterioso e cercado de lendas assombrosas que alguns ainda insistiam em chamá-lo de Mar Tenebroso.

As caravelas alinharam-se lado a lado enquanto as naus se arrastavam para fora do porto em fila indiana, seguidas de perto por uma infinidade de pequenos barcos que formavam uma escolta de despedida. Durante muito tempo foi possível ouvir os gritos entusiasmados da população festejando no porto, até que os navios começaram a se confundir com as nuvens mais baixas e desapareceram.

Nas embarcações a vida começava a tomar forma com a mesma agilidade com que os ventos sopravam. Antes mesmo de se recuperarem do espetáculo da partida, os garotos já estavam empenhados nas tarefas que lhes cabiam.

Jean Marc descobriu sua ocupação tão logo colocou os pés no navio. Enquanto subia a escada, um homem o agarrou pelo colarinho e disse:

– Preciso de um ajudante, você parece servir.

Era Antero Gusmão, cosmógrafo, astrólogo e adivinho nas horas vagas.

– Com prazer, senhor – Jean Marc sussurrou para o homem, que despejou em seu braço meia dúzia de livros.

Com o passar dos dias, o francês foi descobrindo que gostava daquela função. Carregava mapas e pranchetas escada abaixo e acima, cuidava da higiene pessoal do cosmógrafo, fazendo sua barba e cortando seu cabelo, além de providenciar para que o esquecido pesquisador se alimentasse. Mas todas as tarefas ingratas eram recompensadas pelas noites claras em que os dois se punham a observar o céu, como quem busca um grão especial na areia de uma praia. Por vezes, eram horas sem nenhum resultado interessante, mas o jovem reagia entusiasmado cada vez que Antero Gusmão contraía os olhinhos miúdos apontando um astro recém-descoberto. Ensinava ao francês como acompanhar sua trajetória e depois resmungava um cálculo a ser anotado.

Ocupado com as estrelas, Jean Marc quase não prestava atenção ao mar.

Assim que perdeu de vista a última pedra do porto, Rafael seguiu para a cozinha em que atendia ao almirante

e a seus principais oficiais, como auxiliar. Uma montanha descomunal de cebolas já o aguardava. Como também um estoque de pimenta que fazia seus olhos lacrimejarem, outro de ameixas que beliscava furtivamente, e um tanto de azeite cujo cheiro o fazia lembrar-se da fazenda de seus pais.

Também podia se ocupar estripando um dos animais embarcados vivos para alimentar exclusivamente a tripulação graduada, ou brigando contra os ratos e baratas que atacavam os biscoitos de farinha, praticamente a única comida do restante dos homens. Algumas vezes era apanhado tentando cortar um naco de carne para servir ao irmão e recebia a recompensa de meia dúzia de cascudos. A ração era absolutamente controlada, e o garoto só não era punido com maior rigor porque o cozinheiro, um português chamado Domingos, gostava dele e via com certa compaixão sua atitude.

Bruno, cujos músculos desenvolvidos e altura escondiam a pouca idade, não escapou do trabalho mais pesado. Já no dia da partida foi escolhido junto com alguns homens para erguer a vela principal. Fingindo experiência, quando no fundo estava aterrorizado com aquela primeira tarefa, repetiu os gestos do homem à sua frente. Mesmo que sua mão tenha escapulido vez ou outra da corda e os pés escorregado no piso molhado, quando terminaram e ele contemplou a exuberante vela enfeitada pela cruz-de-malta, sentiu-se tão orgulhoso como se fosse o próprio comandante daquele navio.

Tentou aprender cada tarefa unindo rapidez e eficiência, e por isso em pouco tempo era tido pelos marinheiros como o grumete mais confiável, o que lhe valeu algum respeito e muito trabalho.

Esforçava-se desde o alvorecer até que o último raio de sol mergulhasse na água. Quando não era solicitado a baixar ou erguer uma vela, estava ajudando um marinheiro a desembolar uma corda ou trocar um barril de lugar. Se não era isso, limpava com um escovilhão a boca dos canhões, ou ainda lavava o convés imundo onde os homens tanto preparavam suas refeições quanto faziam suas necessidades.

No dia 22 de março, a esquadra se aproximou e depois contornou com lentidão o arquipélago de Cabo Verde. Na madrugada que se seguiu, um escaler de oito remos saiu de uma das naus e foi até a embarcação do almirante. Sob o olhar atento de sua guarda, o homem bateu com delicadeza na cabine e ficou esperando. Pedro Álvares, que relaxava tomando vinho acompanhado de seu amigo Pero Vaz de Caminha, empurrou a porta segurando uma enorme vela.

– Senhor almirante – o homem cumprimentou-o respeitosamente –, uma das naus desapareceu – acrescentou quando Cabral o fitou com impaciência.

– Como? – Pero Vaz deixou escapar sua surpresa, olhando para o céu e depois para o mar apenas para confirmar o bom tempo.

– Eu sei, senhor. Não houve tempestade, o mar esteve sempre calmo, mas ela deve ter se perdido em algum ponto...

– Qual delas? – Cabral quis saber.

– Aquela comandada por Vasco de Ataíde, senhor.

O almirante não teve de pensar para ordenar:

– Vamos procurá-la. Uma nau não pode desaparecer assim, como uma chama que se apaga. Transmita a ordem aos outros comandantes.

Pedro Álvares Cabral ordenou e voltou, acompanhado

de Pero Vaz de Caminha, para dentro da cabine, batendo a pesada porta de madeira com uma força que transmitia seu descontentamento com aquela notícia. O homem fez uma reverência, deu meia volta e retornou ao escaler para cumprir suas ordens.

No resto da madrugada e durante todo o dia seguinte, a esquadra navegou em círculos tentando localizar o navio que se perdera.

A nau de Vasco de Ataíde não foi encontrada, assim como também não se achou uma razão lógica para seu sumiço. Não restando mais nada a fazer a não ser lamentar, o almirante ordenou que a esquadra – agora doze embarcações – continuasse seu rumo em direção às Índias.

Para tanto teria que se afastar um pouco da costa da África, aproveitando as correntes do mar aberto, e depois retornar novamente na direção do Cabo das Tormentas. Mas não foi isto que aconteceu.

– Alguma coisa está errada – Antero Gusmão resmungou, numa noite em que trabalhava debruçado sobre mapas, consultando vez ou outra o astrolábio e coçando impaciente a cabeça.

– Que coisa, senhor? – Jean Marc se apressou em saber.

– Se queremos chegar às Índias, devíamos estar navegando próximo ao continente Africano; no entanto, estamos nos afastando cada vez mais.

– E o que isto quer dizer?

– Não sei ao certo, mas posso afirmar que não foi este o caminho seguido por Vasco da Gama.

– O almirante sabe disto?

– Claro, ou pensa que estamos navegando sem rumo por aí?

– Mas não deveríamos estar indo para o Oriente, exatamente como fez Vasco da Gama? Não foi para alcançarmos as Índias que saímos de Portugal?

Antero Gusmão olhou com condescendência para o garoto.

– Acha que o comandante lhe deve alguma explicação?

Jean Marc ficou calado sacudindo os ombros. O astrônomo resolveu premiar aquele silêncio com algumas palavras de esclarecimento:

– Quando Vasco da Gama passou por estas águas, toda a tripulação viu correr ao longo dos navios uma espécie de alga marinha que só se encontra no litoral. Além do mais, algumas aves sobrevoaram a esquadra por algum tempo. Era sinal claro de que havia terra a sudoeste, mas Vasco da Gama preferiu seguir as indicações originais e voltou a se aproximar da África no momento certo, conseguindo chegar às Índias.

– O senhor acha que...

– Outros navegantes já haviam relatado sinais de que pode haver terra a sudoeste. É possível que sua majestade tenha ordenado ao almirante que acabasse logo com esta dúvida antes de seguirmos para o oriente. Talvez este seja o motivo para termos mudado de rumo.

– Mas por que então a tripulação não foi avisada disso antes de sairmos de Portugal?

– Primeiro, porque a tripulação não precisa saber nada além do estritamente necessário. Segundo, porque dom Manuel é sábio, não ia querer informar com antecedência à Espanha nem a qualquer outro reino que tencionava averiguar possíveis novas terras. E terceiro porque tudo que eu disse são apenas suposições – Antero Gusmão falou, olhando com interesse uma nova estrela que surgiu à sua direita e anotando num pequeno mapa a posição e o momento em que a observara. Depois se virou para Jean Marc e sussurrou em seu ouvido:

– Evite comentar este assunto. Sabe como os homens

são, qualquer novidade é motivo para inquietações. E além do mais, não se esqueça: posso estar errado em minhas afirmações e não quero ser chamado de tolo por isso.

– Claro, senhor – Jean Marc prometeu e cumpriu em grande parte; aos irmãos Scalfi revelou todas as suspeitas do astrônomo.

Depois da agitação inicial, alguns homens acostumados a longas viagens, cujas tarefas diárias não lhes tomavam mais que um par de horas, começaram a achar os dias rotineiros, pesados e entediantes. Como remédio, procuravam outro tipo de diversão que não apenas as cartas.

Os garotos estavam esticados sobre o convés enquanto Jean Marc apontava aqui e ali a localização de alguns planetas:

– Estão vendo Mercúrio? Passou pela cabeça do Escorpião há dois dias e agora segue em direção à constelação de Capricórnio...

Enquanto falava, um ruído de madeira quebrada e pés se arrastando chamou sua atenção. Alguém tentava gritar, mas a voz parecia abafada e distante. O francês levantou e os irmãos fizeram o mesmo, caminhando cuidadosamente entre o cordame e as velas. Atrás de uma pilha de madeira, marinheiros e soldados agarravam um grumete pelas pernas. Este grumete era um garoto tímido e desajeitado que, à custa de algum mistério, embarcara naquele navio, quando deveria ter ficado quieto sob as asas de sua mãe. Como prêmio, tinha se transformado no principal alvo das brincadeiras rudes dos marinheiros, e vez ou outra era visto tomando uns tabefes, quando não pior. Com o tempo foi se transformando num bichinho assustado e arredio, fazendo seu trabalho silenciosamente tentando tornar-se invisível. Foi Rafael quem gritou primeiro:

– Ei!

Um dos marinheiros virou a cabeça e, quando o viu, apenas sorriu. Bruno agarrou um pedaço de madeira arredondado que parecia um bastão e disse:

– Ou largam ele ou arrebento um agora mesmo!

Jean Marc enrubesceu e sussurrou baixinho: "Você tá louco... eles são seis!". Rafael também pensou o mesmo, mas em solidariedade ao irmão não disse nada. Ficou esperando a reação dos marinheiros e rezando para que tivessem algum senso de compaixão.

– O que há? Querem se divertir um pouco com a gente? – o homem que segurava o grumete pelos ombros ofereceu.

– Temos diversão demais cuidando das nossas próprias vidas – Bruno respondeu, batendo o bastão contra a perna, ameaçador. Jean Marc e Rafael permaneciam paralisados, sentindo o mesmo suor frio deslizar pela espinha.

– Pois nossa vida é esta belezoca aqui – uma voz na escuridão disse, e os homens riram enquanto o grumete implorava:

– Me ajudem...

O lamento parecia o de um gatinho assustado em dia de chuva. Bruno pulou o degrau que o separava dos marinheiros e acertou a caneca de vinho de um deles. Ela deu duas piruetas no ar e se espatifou no chão lançando lascas de madeira e vinho para o alto. Foi o suficiente para que terminasse ali qualquer tentativa de resolver o assunto de forma pacífica. Um marinheiro partiu para cima de Bruno decidido, mas bêbado como estava sequer pôde se defender do bastão que zuniu acertando sua testa em cheio. O homem cambaleou um pouco para a esquerda, inclinando-se lentamente. De repente parou, colocou a mão no rosto, sentindo o sangue escorrer e simplesmente desabou para frente. Os marinheiros esqueceram o grumete, que desapareceu como um raio.

– Hora de lutar! – um soldado magricela de voz estridente berrou, sem contudo largar sua caneca de vinho. Os outros partiram para cima de Bruno em bloco, mas ele se afastou brandindo o bastão em todas as direções. O francês agarrou um pequeno barril vazio e o lançou contra o primeiro vulto que se aproximou. Ouviu-se um "ai" e, depois de um praguejar cheio de dor, o marinheiro ficou examinando a orelha atingida pelo barril. Rafael gritava e corria, enquanto um soldado tentava acertá-lo com uma espada de lâmina curta. Sua sorte é que o homem era gordo e se movia com dificuldade entre os entulhos empilhados no convés. Bruno saiu em defesa de Rafael e acertou o soldado bem próximo ao joelho, fazendo-o dobrar-se e sair arrastando a mão sobre o piso manchado de vinho. Isto curou definitivamente a bebedeira dos homens, e eles resolveram encerrar aquela briga da forma que mais apreciavam: com sangue.

Um dos homens tirou o sabre curvo de uma fenda na calça e pulou sobre Bruno quando este tentava subir no cordame das velas. Antes de conseguir, foi agarrado pelo pescoço e derrubado. O homem levantou a arma e mirou exatamente entre os olhos do garoto. Ia desferir um golpe certeiro, quando Jean Marc gritou – mais assustado que ameaçador – e caiu entre eles desferindo pancadas para todos os lados. Estava prestes a ser dominado, quando Pedro Álvares Cabral os socorreu.

Sobre os palavrões que o jovem francês berrava enquanto golpeava, ouviu-se a voz impaciente do almirante, irritado porque seu trabalho fora interrompido pelo barulho da luta.

– O que está acontecendo aqui?

Os homens tentaram se levantar do chão com rapidez, feito um bando de garotos apanhados em flagrante numa brincadeira proibida. Ocupado demais num jogo de dados, o capitão, que até aquele momento se fingira de surdo, ao ouvir a voz do almirante surgiu no convés esbaforido e demonstrando uma fingida surpresa.

– Alguém vai me responder o que está acontecendo aqui? – o comandante insistiu.

– Nada com com o que tenha de se preocupar, senhor, é apenas uma pendenga entre bêbados – O capitão desculpou-se, falando pelos homens.

– Em meu navio não se admitem bêbados descontrolados. Suspenda o vinho deles por uma semana.

O almirante se virou na direção de sua cabine sem dar atenção ao lamento tímido dos homens, que julgaram a suspensão do vinho uma punição severa demais.

Apenas Bruno resmungava por outro motivo.

O jovem francês impedira que o golpe acertasse a cabeça, mas não evitou que rasgasse o ombro do garoto desde o pescoço até a axila direita. Intimidados pela presença do almirante, ninguém ainda se apercebera disso, até que Rafael se aproximou tentando ajudar o irmão a se levantar. Não entendeu quando o abraçou e sentiu contra si a camisa úmida. Apenas quando o afastou novamente, percebeu o tamanho do estrago.

– O que é...? Minha nossa... você...

Jean Marc olhou para Bruno e viu os músculos expostos.

– Meu Deus!

O soldado que o atingira já guardava o sabre no mesmo lugar de onde o tirara.

Antes de se afastar, praguejou: "Espero que sangre até morrer."

Jean Marc arrancou a camisa, molhou num balde com água do mar e atou-a em torno de Bruno. Rafael chorava enquanto ajudava o francês a cuidar do irmão. – Não sei por que está chorando – Bruno falou tentando demonstrar calma e algum humor. – Não foi de você que tiraram um pedaço de bacon.

– Acho melhor levarmos ele lá para baixo – Jean Marc sugeriu. Rafael concordou, agarrou o irmão pelo ombro e ajudou-o a se levantar. O capitão observava tudo com cara de poucos amigos. Quando passaram por ele, examinou o ferimento e depois disse:

– Dou duas semanas para que se recupere ou eu mesmo te jogo no mar. De que me adianta um grumete incapaz de trabalhar? Andem, levem este imprestável daqui!

Descendo com dificuldade a escada que se inclinava a cada onda, conseguiram deitar Bruno num catre entre a cozinha e o corredor. Rafael subiu novamente até o convés e trouxe de lá um balde de água fresca, que tirara do mar usando uma corda. Sem saber direito o que fazer, Jean Marc apenas jogava água sobre o ferimento, sempre que um jorro de sangue surgia, inundando a pele de seu amigo.

Desperto por todo aquele barulho, mas principalmente pelos gemidos de Bruno, que aumentavam cada vez que o sal beliscava seus músculos, o cozinheiro Domingos, depois de bater os olhos sobre o garoto deitado, desapareceu entre suas panelas por não mais de cinco minutos. Ao retornar trazia uma tigela coberta até a borda por uma pasta esverdeada.

– Chega de água. Me ajudem a colocar este unguento no ombro dele.

– Que porcaria é essa? – Jean Marc perguntou.

– Um preparo de farinha e ervas. Ajuda a parar o sangramento. Agora pare de falar e me ajude a pressionar o

ferimento. Rafael, você sabe onde conseguir panos limpos. Preciso de dois.

Assim que o menino retornou, Domingos derramou aquela pasta sobre o ferimento e o amarrou, pressionando o pano, fixando e protegendo o corte.

Bruno gemia, gritava e esperneava. Rafael, assustado, tinha quase a mesma reação.

Domingos segurou a cabeça de Bruno e foi colocando na boca do garoto pequenos goles de vinho. "Isto vai te ajudar a dormir", dizia enquanto passava a mão por sua testa, massageando e ao mesmo tempo limpando o suor que escorria dali. Para Rafael disse apenas "calma", o que foi suficiente para que o garoto trocasse seu desespero por lágrimas silenciosas. Abundantes, mas silenciosas.

Com o tempo e o vinho, Bruno começou a ficar grogue; entre um gemido e outro seus olhos foram se fechando até que apagou.

– Se cuidarmos direito, ele vai ficar bom – Domingos disse.

– Se não ficar, o capitão vai jogá-lo no mar – Rafael choramingou.

– Ou chegamos às Índias logo ou o almirante é até capaz de fazê-lo, apenas para se distrair... – Domingos confirmou.

– Índias... – Jean Marc interrompeu. – Estamos mesmo indo para as Índias?

– Se não for, para onde então? Os belos campos de sua querida França? – Domingos ironizou.

O primeiro sinal veio assim que a noite nervosa do dia 20 transformou-se na manhã limpa e calma do dia 21 de abril de 1500, quando os homens começaram a avistar algumas algas escorregarem pelo casco da embarcação. Os mais experientes sabiam que aquela espécie só era encontrada junto ao continente. A agitação que tomou conta do barco afetou até mesmo Pedro Álvares Cabral, que entrava e saía de sua cabine, sempre acompanhado do piloto. Olhava o mar alguns instantes, confabulava com um ou outro oficial e se debruçava sobre os mapas. Antero Gusmão foi chamado algumas vezes, e Jean Marc o acompanhou na reunião com o almirante, que fez uma dúzia de perguntas técnicas e depois o dispensou.

Na manhã do dia 22 de abril, Rafael encheu uma bacia de biscoitos para alguns homens que trabalhavam junto ao leme. Acabara de colocar a ração entre eles quando observou o fura-buxo contornar o mastro duas vezes, subir um pouco lutando contra o vento e finalmente conseguir pousar sobre a vela.

– Olha! – Ele disse apontando a ave e cutucando um homem ao seu lado. O marinheiro parou de mastigar a farinha dura, engasgado pela visão do pássaro. Juntaram--se a ele outra dezena de homens, e todos correram para o lado direito do navio buscando um sinal no horizonte, pois nenhum deles duvidava; se aquela ave estava ali, havia terra à frente, mesmo que ainda fosse impossível enxergá-la, pois a manhã que nascera clara se enchera de nuvens, e adiante avistava-se apenas o contorno enfumaçado que se deslocava sobre o oceano. O capitão teve de gritar com os homens para lembrá-los:

– Se estas velas não estiverem devidamente esticadas, vamos ver o fundo do mar, seus inúteis! Atividaaadeeee!

Os homens voltaram a trabalhar, mas continuavam vasculhando o oceano enquanto suavam em suas tarefas. Os que estavam de folga se amontoaram na amurada, esperançosos. E assim ficaram até que as sombras da tarde invadiram o navio.

O primeiro grito veio do vigia, que apertou os olhos observando a mancha cinza tornar-se verde pouco a pouco. Tomou fôlego antes de anunciar:

– Terra à viiiiista!

A novidade foi se espalhando pelas caravelas e naus:

– Terra à viiiiista!

Lá na frente, aparecendo lentamente enquanto a esquadra avançava em sua direção, o cume arredondado – que depois Cabral batizaria de Monte Pascoal – foi surgindo entre as nuvens.

– Terra à frente!

O almirante saiu de sua cabine e ficou contemplando. Se os olhos ainda não conseguiam distinguir com clareza os contornos adiante, seu coração enxergava com nitidez a emoção de vislumbrar uma terra nova. Discretamente, aparou uma lágrima com a mão direita.

A esquadra começou a navegar cada vez mais próxima do litoral, até que os ferros foram lançados e as doze embarcações estacionaram diante da praia.

Os comandantes dos outros navios vieram até a caravela de Cabral em pequenos barcos e se reuniram com o almirante, conferindo mapas e examinando o litoral enquanto discutiam, excitados. Seria parte da África? Seria parte das Índias? Apenas uma ilha insignificante?

Preocupado com a escuridão que se aproximava, o almirante decidiu que passariam aquela noite sem uma resposta.

No dia seguinte, Nicolau Coelho, o piloto mais experiente de toda a tripulação e conhecedor das terras orientais, foi mandado num escaler junto com alguns soldados e marinheiros para sondar a terra encontrada.

O mar começara a se movimentar nervosamente, e o barco navegou com dificuldade contra o vento quando os homens remaram até a praia. Ocupados em evitar que a embarcação virasse, custaram a perceber que não estavam sozinhos.

Os índios surgiram da mata como minúsculos pontinhos assustados.

Absolutamente impressionados com as naus e caravelas que flutuavam majestosas na linha do horizonte, seus olhos custaram a perceber o pequeno escaler se aproximar da areia.

Dois marinheiros saltaram e, usando as mãos, deram prumo ao barco e o mantiveram firme até os outros descerem, tocando pela primeira vez suas botas no novo mundo.

Os nativos esqueceram os navios e, vencidos pela curiosidade, andaram em direção aos portugueses. Agora, eram mais euforia que medo.

Os soldados mantiveram as armas firmes em suas

mãos, mas as empunhavam com um fingido relaxamento, tentando evitar que fossem recebidos como invasores com a intenção de um confronto. Portanto, todos ficaram aliviados quando os nativos entraram na água sorrindo e indicando que se aproximassem.

Durante uma hora os dois grupos tentaram se comunicar por meio de gestos, já que o mar encapelado fazia um barulho tão grande que era impossível ouvir qualquer palavra.

Dando-se por satisfeito com o primeiro contato e não querendo arriscar uma aproximação maior, Nicolau Coelho distribuiu alguns presentes entre os nativos – recebendo em troca um colar de contas que um deles arrancou do peito – e resolveu retornar aos navios, para decepção dos indígenas.

O piloto relatou ao almirante o que acontecera, afirmando não conhecer nem o dialeto nem o tipo físico daqueles nativos. Não se pareciam com os habitantes das Índias e muito menos com os negros africanos.

Naquela noite o mar continuou agitado. Na manhã seguinte, preocupado com a segurança das embarcações, o almirante ordenou que a esquadra navegasse em busca de um local mais seguro. Encontraram um porto natural, largo e de águas calmas. Ali lançaram ferros ao mar novamente, e por isso o lugar ganhou depois o nome de Baía Cabrália.

Passaram-se duas semanas desde que Bruno sofrera o ferimento. Tivera dias de tormenta, mas sobrevivera. Ainda que continuasse febril e fraco, nem ele ficara alheio aos últimos acontecimentos. Tentara levantar diversas vezes, instigado pelo espírito excitado dos homens que ansia-

vam pelo desembarque e subiam e desciam do porão como baratas em festa. Mas Rafael mostrou que estava crescendo.

– Vai continuar deitado, nem que eu precise amarrar você.

– Por favor...

– Preciso apanhar as cordas?

– Estamos nas Índias? Ou receber informações também pode me fazer mal?

– O problema é que ainda não existe uma informação. Não se sabe ao certo que lugar é este. Parece que o almirante mandou investigar, mas os homens já cochicham que não são as Índias, e muito menos a África.

– Que terras são estas?

– São terras novas.

– Seremos os primeiros europeus a colocar os pés aqui?

– É o que parece.

– Não posso ficar deitado neste catre, me tire daqui.

– Nem sonhando. Está tão fraco que mal consegue falar, como pode pensar em subir as escadas? – Rafael argumentou.

– Eu preciso...

– Precisa se curar, isto sim. Domingos disse que você vai ficar bom, desde que não se mexa muito.

– Não acredito!... Alcançamos um novo mundo, e eu preso nesta tábua feito um prego enferrujado... Rafael...

– Nem pensar!

Quando se virou e encontrou os olhos decididos de Rafael, Bruno descobriu que não adiantava continuar reclamando. Azuis como um par de águas-marinhas, tão límpidos que sua mãe brincava dizendo que um dia mergulharia neles. Olhos que continuaram hipnotizando os seus. Bruno foi se sentindo sonolento e relaxado, tão calmo que começou a dormir, despertando vez ou outra apenas para descobrir que as duas águas-marinhas ainda o vigiavam.

Então finalmente ele adormeceu, convencido de que Rafael era um anjo.

No final da tarde do dia 24, um barco que saíra para inspecionar o litoral capturou dois jovens índios e os levou até o almirante. Eles falaram muito, gesticulando de forma teatral e experimentando as bebidas e comidas que lhes foram servidas. Quando se cansaram, dormiram ali mesmo, esticados no convés. No dia seguinte foram mandados de volta para a praia, cobertos de presentes baratos.

Finalmente, na manhã de 25 de abril de 1500, o almirante Pedro Álvares Cabral, vestindo suas melhores roupas e seguido pelo corpo de oficiais, decide colocar os pés nas terras novas.

Mantendo uma vigília constante desde a chegada das caravelas, os indígenas não perderam um movimento sequer dos portugueses se aproximando em meia dúzia de barcos e desembarcando na praia.

Os mais ousados – ou simplesmente mais curiosos – não demoraram muito a ignorar a prudência para tentar descobrir de que material eram feitos aqueles homens e, principalmente, por que cheiravam tão mal.

Da parte dos portugueses, a desconfiança durou apenas o tempo de perceber a alegria com que os nativos recebiam pequenos espelhos, pentes de osso de porco, pulseiras de metal leve e outras bugigangas que em qualquer feira de Lisboa se compravam às dúzias com uma moeda.

Cobertos de quinquilharias, os indígenas receberam com entusiasmo aqueles que julgaram ser apenas cordiais visitantes.

Acreditando inicialmente tratar-se de uma ilha, Pedro Álvares Cabral batizou-a de Ilha de Vera Cruz.

Uma de suas primeiras providências foi preparar a celebração da missa de Páscoa, no domingo 26 de abril. Os nativos ajudaram a encontrar e desbastar a árvore derrubada para a construção da enorme cruz e depois a carregaram junto com os europeus até o lugar escolhido.

No dia da missa, enquanto a desconfiança de alguns aconselhou a observar de longe o grandioso espetáculo, a maior parte dos indígenas preferiu sentar no local da celebração, rodeando os portugueses e admirando com espantada curiosidade o ritual, que o franciscano Henrique Soares de Coimbra conduziu. Como recompensa por sua atenção, ao final receberam de presente pequenas cruzes de latão e rapidamente se dispersaram pela praia, admirando mais uma das novidades daqueles exóticos amigos.

Antero Gusmão, usando de sua influência junto ao almirante, desembarcara entre os primeiros homens. Logo tratou de improvisar seu observatório na colina onde terminava a areia e iniciava a mata, obrigando Jean Marc a realizar uma série de viagens entre o navio e aquele ponto, num leva e traz de mesas, pergaminhos, tripés, mapas e o que mais o astrônomo solicitasse. Longe de reclamar, Jean Marc se dedicava ao trabalho com entusiasmo, tendo descoberto em Antero Gusmão não um superior a quem obedecer, mas um mestre a quem reverenciar.

Rafael não tivera tanta sorte. Assim como a ralé mais baixa do navio, ficara a bordo providenciando para que os outros pudessem desembarcar. Apenas quando a nau já estava praticamente vazia, e com a promessa de Domingos de que não tiraria os olhos de Bruno, finalmente conseguiu colocar os pés no Novo Mundo.

O sol era morno, e os ventos, suaves, na manhã em que pisou na areia.

Depois de quase dois meses enfiado no porão úmido e fedorento onde ficava a cozinha, era quase um milagre sentir os grãos amarelados escorregarem entre seus dedos. Um bando de mulheres tupiniquins o cercou assim que colocou os pés no chão. Soltavam gritinhos enquanto admiravam a pele leitosa e os olhos intensamente azuis. O garoto tentou refugiar-se entre os marinheiros, mas elas o perseguiram e continuaram a examiná-lo. Suspirou aliviado quando o esqueceram para se ocupar de um soldado albino, que contra a luz do sol parecia quase transparente.

Escolheu um canto isolado da praia, tirou a roupa e foi banhar-se no mar, saindo apenas quando sua pele já ameaçava virar esponja. Depois esticou-se na areia e adormeceu sob o sol.

Quando acordou, Rafael notou o homem curvo e absorto caminhando num trecho distante do acampamento. Desde o embarque, admirava secretamente aquela figura silenciosa metida entre papéis, fosse lendo uma brochura, fosse rabiscando algumas de suas anotações. Diversas vezes Rafael se detivera observando-o furtivamente através da escotilha de sua cabine, enquanto o homem fazia a pena dançar sobre o papel.

Sem sequer esperar que a água secasse completamente do corpo, correu até onde o homem estava e se apresentou de supetão:

– Meu nome é Rafael, senhor. E posso ajudá-lo no que for necessário. Apanhar cocos, caçar, pescar, acender uma fogueira quando anoitecer... e o que mais o senhor precisar...

O homem olhou para um lado e depois para o outro, como se procurasse a origem daquela estranha aparição. Não encontrando, colocou novamente o livro de anotações sob o braço e recomeçou sua caminhada, sem dizer palavra alguma.

– Certo, então vou andar na frente do senhor e matar qualquer cobra que aparecer.

Acostumado às formalidades, o homem se sentiu mais espantado que ofendido com a naturalidade do garoto, mas ainda assim o que saiu de sua boca foi apenas um ronco suave. Continuou sua caminhada, agora acompanhado por um matador de cobras.

Nos dias seguintes, Rafael virou a sombra daquele homem.

Pero Vaz de Caminha, que saíra de Portugal com a missão de se estabelecer nas Índias como escrivão da feitoria a ser instalada naquele país, acabou acostumando com a presença constante de Rafael ao seu lado, a princípio como um intrépido batedor, depois como um curioso admirador.

Com o tempo acabou conquistado pelo interesse do garoto, cujo fascínio pelas palavras o impressionou. Rafael adorava mais que tudo a curva perfeita de algumas letras surgindo no papel amarelado. Vez ou outra cutucava o escrivão, perguntando sobre o significado de uma palavra ou a intenção misteriosa de uma vírgula. Paciente, o homem procurava saciar sua curiosidade. Quando Rafael quis saber sobre o que tanto escrevia, Pero Vaz de Caminha respondeu com um ar de triunfo:

– São algumas anotações. O almirante talvez decida enviar um navio a Portugal anunciando a descoberta destas terras. Se o fizer, serei encarregado de escrever a carta que seguirá com a caravela.

O escrivão largou por alguns instantes a pena e correu os olhos sobre as ondas que desenhavam sinais na areia. Depois admirou a azulada curva do céu de abril, os indígenas que se divertiam ajudando os portugueses, e finalmente a mata atlântica com sua variação infinita de verdes.

– Terei muito o que contar, não acha?

– Pode ler para mim um pouco do que o senhor escreveu?

Pero Vaz mordeu um naco de abacaxi enquanto conferia as palavras que acabara de anotar. Limpou a garganta e começou a ler o parágrafo cuja tinta mal secara:

Águas são muitas, infindas; em tal maneira é graciosa que, querendo-a aproveitar dar-se-a nella tudo per bem das águas que tem; pero o melhor fructo que nella se póde fazer me parece que será salvar esta gente...

Quando se preparava para virar a página e continuar a leitura, ouviram a voz de Domingos gritando por Rafael:

– Hora do trabalho!

O garoto se despediu do escrivão e saiu correndo para juntar-se ao cozinheiro, que lutava com mais dois tripulantes contra um barril de água, tentando jogá-lo sobre um barco que apanhava vergonhosamente das ondas. Quando conseguiram, apenas Domingos e os marinheiros subiram a bordo, já que a pequena embarcação quase não suportava sequer o peso do barril. Enquanto o escaler começava a se mover em direção ao navio, Rafael gritou para Domingos:

– Como está Bruno?

– O quê?

– Como está meu irmão?

– Bem, não se preocupe... eu... cuido... de... le...

As últimas palavras se perderam no barulho das ondas, mas Rafael entendera o suficiente para se tranquilizar. Sabia que Domingos cuidaria tão bem de Bruno quanto ele próprio.

Portanto, seus planos eram aproveitar ao máximo o pouco tempo que lhe restava naquele paraíso. Quando as caravelas partissem, a única paisagem que veria seriam sacos de farinha e uma tonelada de cebolas.

Era o primeiro dia de maio de 1500.

As caravelas e naus estavam reabastecidas, e os homens se sentiam novamente dispostos depois dos dias em terra. O almirante Pedro Álvares Cabral mandara celebrar uma segunda missa, esta em homenagem à posse definitiva daquele paraíso, além de erguer numa clareira – especialmente aberta para isto – o marco de pedra com a cruz de malta, símbolo das terras sob domínio português.

Como a partida estava marcada para a manhã do dia seguinte, parte dos homens voltou para bordo naquela tarde, iniciando os preparativos. Outro tanto permaneceu em terra, festejando com os indígenas. Cantavam e dançavam celebrando a descoberta do novo mundo, a amizade, a partida, e qualquer outra coisa que o vinho os estimulasse a celebrar.

Sem a companhia de Pero Vaz de Caminha, que retornara à Nau Capitânia carregando suas anotações, Rafael se juntou aos homens na areia e ajudou a animar a improvisada festa, uivando, rodopiando e pulando, para alegria dos indígenas, que dobravam de rir com sua *performance*.

Quando a noite caiu, pôde ver a lanterna que iluminava o acampamento de Antero Gusmão se acender. Decidiu visitar Jean Marc levando um naco de porco selvagem e algumas frutas para presenteá-lo.

Alheios à festa que acontecia na areia, Antero Gusmão e seu fiel ajudante faziam as últimas pesquisas antes de desmontarem o tosco mas agitado laboratório em que passaram praticamente todas as noites em que estiveram em terra. Envolvidos em seus cálculos e observações e nem sempre percebendo o quanto estavam famintos, se sentiram imensamente gratos com a visita do garoto. Não exatamente por ele, mas pela comida que trouxera.

– Para que servem todos estes desenhos do céu? – Rafael quis saber, escorregando o dedo por um dos mapas cuidadosamente elaborados.

– Para que os navegadores do futuro não sejam como você: cego, tateando num terreno desconhecido – o cosmógrafo respondeu com uma impaciência irônica. – E cuidado com esse dedo sujo!

O garoto continuou observando aqui e ali a infinidade de pequenos desenhos que indicavam diferentes posições de planetas, agora com o cuidado de não tocar em nada. Antero Gusmão mantinha um olho na carne gordurosa que destrinchava e o outro nele.

– Bom, acho que vou andar um pouco por aí para me despedir.

– Por acaso está deixando alguma índia enamorada para trás? – Jean Marc brincou. Rafael apenas sorriu envergonhado.

– Antes fosse.

– O amor, o amor...

– Só quero colher mais alguns cocos.

– Cocos... sei bem que cocos são estes – o francês continuou provocando, sob o olhar divertido de Antero Gusmão.

"Ah!", o garoto resmungou quando caminhou em direção à estreita faixa de areia que serpenteava margeando a colina.

– Ei, os coqueiros ficam para lá! – Jean Marc ainda gritou. Rafael não respondeu, apenas se virou e sorriu mais uma vez para o francês, antes de continuar.

Na manhã do dia dois de maio de 1500 os navios partiram.

Ficaram para trás cinco tripulantes.

Dois degredados que cumpriam pena por pequenos crimes foram abandonados na areia, chorando como crianças. Tinham por obrigação aprender a língua dos indígenas, tanto para espioná-los quanto para servirem de intérpretes aos portugueses que futuramente desembarcassem nas novas terras. Além deles permaneceram em terra dois grumetes. Um foi aquele que Bruno havia salvo à custa do ferimento, pois preferiu a dúvida sobre o comportamento dos nativos à brutalidade certa dos marinheiros. O outro, enfastiado com a vida a bordo e seduzido pelos trópicos, lançou-se ao mar quando a esquadra começou a se movimentar e desapareceu na mata atlântica como um eleito do paraíso.

A nau onde eram estocados os alimentos – devidamente distribuídos entre as outras embarcações – foi mandada de volta a Portugal com alguns poucos homens. Comandava-a Gaspar Lemos, e o motivo de seu retorno era anunciar com urgência a boa nova da descoberta. O capitão levava consigo a carta escrita por Pero Vaz de Caminha endereçada ao rei, onde contava em detalhes o que vira nos dez dias em que ficaram estacionados no novo mundo.

Assim que os navios ganharam o mar, Jean Marc desceu até o porão para visitar Bruno. O amigo tinha os olhos cerrados e lutava contra a febre que o incomodava desde a chegada ao Brasil. Mas o corte, banhado diariamente pelo composto de ervas preparado por Domingos, seguia firme em seu processo de cicatrização e já desinchara por completo.

– Ainda não se cansou de ficar deitado? – o francês perguntou.

– A ferida não me matou, mas o tédio está conseguindo... Onde está Rafael?

– Não o encontrei desde que embarcamos. Deve estar metido por aí jogando dados com algum marinheiro. Deixe-me ver o ferimento.

Jean Marc levantou o pano que protegia o ombro e viu o corte avermelhado onde a pele começava a se recompor.

– Está uma maravilha, mais algum tempo e você estará curado.

– Tempo... não suporto mais ouvir esta palavra!

– Não seja impaciente. Estarei no convés. Se precisar, mande me chamar.

O jovem francês saiu. Quando subia as escadas, Domingos avisou:

– Diga a Rafael que apareça aqui ou arranco a pele dele, começando pelas orelhas!

O primeiro dia de volta ao mar não poderia ter sido melhor, principalmente porque o vento soprou forte e constante. Durante um longo tempo ainda se viu, na enorme faixa do mar onde navegavam as embarcações, o voo animado e barulhento dos fura-buxos, até que a esquadra se afastou tanto da terra que as aves desapareceram.

Ao final da tarde, Domingos subiu as escadas. Assim que botou os pés no convés encontrou o francês.

– Cadê o garoto?

– Que garoto?

– Que garoto... seu amigo Rafael, quem mais?

– Ora, não sei.

– Não disse que ele estava por aí jogando dados?

– Achei que estivesse... Ele ainda não desceu para ver Bruno?

– Não, por isso tenho certeza que alguma coisa está errada – o cozinheiro afirmou, já andando em direção a um grupo de marinheiros que fumavam escorados na amurada do navio.

Jean Marc, que se ocupava em reorganizar os equipamentos de Antero Gusmão no pequeno espaço sob o leme, deixou o que estava fazendo e seguiu o cozinheiro.

Assim que começaram a perguntar entre os homens, descobriram que nenhum deles lembrava de ter visto o garoto, desde o embarque.

– Ele pode ter se escondido, você sabe como Rafael adora pregar peças – Jean Marc arriscou.

– Brincar enquanto o irmão está sofrendo?... Então você não conhece tão bem aquele garoto – Domingos respondeu. Mas em seguida ele mesmo começou a levantar cordas e entulhos, arrastar barris e carregar daqui para ali uma montanha de frutas que ainda aguardavam para serem armazenadas, apenas para constatar que não havia nada sob elas.

Vasculharam na casa dos canhões, sob as escadas, entre os animais que seriam abatidos e se arriscaram a pedir licença para procurá-lo na cabine dos oficiais. Ainda bem-humorado pela descoberta de novas terras, Cabral não só permitiu, como sugeriu que fizessem uma busca inclusive em sua cabine. Nem um fio do cabelo louro de Rafael foi encontrado.

Depois de muito choramingar, Domingos conseguiu que o capitão o autorizasse a enviar um escaler às outras embarcações, para conferir se Rafael estava em uma delas. Enquanto aguardavam uma resposta, ele e Jean Marc continuaram procurando, inclusive nos buracos estreitos onde mesmo para um gato seria penoso se esconder.

Recuperando-se de uma terrível gripe, Pero Vaz de Caminha arriscou alguns passos no convés atrás de notícias. A tristeza do escrivão em não receber nenhuma informação se juntou à melancolia dos dois.

Já era madrugada quando o escaler voltou. Assim que o primeiro marinheiro colocou os pés no convés, Jean Marc agarrou o homem pelos ombros.

– Então, alguma notícia dele?

– Nenhuma – o marinheiro disse.

– Morto ou vivo, o garoto ficou em terra – Domingos finalmente reconheceu.

O marinheiro foi engolir seu biscoito, deixando os dois encostados na amurada. O francês lamentou, enrugando a testa.

– Como não percebemos que não tinha embarcado?

O cozinheiro penteava nervosamente a barba com os dedos enquanto praguejava: "Droga, devíamos ter cuidado melhor dele."

– O que teria acontecido?

– Como vamos saber? Se perdeu na selva, foi devorado por algum animal ou os selvagens o capturaram... quem sabe?

– Os indígenas foram amistosos.

– Não os conhecemos. Nunca ouviu falar de selvagens canibais?

– Minha nossa... Bruno vai ficar maluco.

– Espere até amanhã para contar. A febre está passando, e se estiver mais forte vai poder suportar melhor.

– Que Deus tenha piedade dele... e de Rafael.

Bruno acordou na manhã seguinte procurando pelo irmão. Domingos preparava uma sopa com batata e restos de carne para o garoto quando ouviu o chamado:

– Rafael!

O cozinheiro trouxe a tigela fervendo e sentou ao lado dele. Jean Marc veio se juntar aos dois. Ele e Domingos trocaram um olhar que valeu por dúzias de palavras.

– O que aconteceu? – Bruno perguntou, flagrando os olhos nervosos dos dois.

– O Rafael... ele... – Domingos começou, engasgando um pouco. Havia ensaiado uma dúzia de frases que tornariam a notícia mais suportável. Não se lembrou de nenhuma.

– Rafael não embarcou – disse num impulso.

– Como assim "não embarcou"? – Bruno perguntou, se ajeitando no catre.

– Não sabemos o que aconteceu, mas ele não embarcou.

– O que você está me dizendo? Que Rafael ficou naquele lugar?

– Ficou...

Bruno, que sentara com dificuldade protegendo o ombro ferido, deu um soco na tigela que o cozinheiro segurava. A sopa se espalhou quase toda sobre Jean Marc, fazendo o garoto gritar quando o líquido ainda quente o atingiu.

– Não! Não! Não! Que droga de navio é este em que não se consegue sequer saber com certeza quem embarcou? Como é que não notaram a falta dele?

– O embarque foi confuso. Primeiro achamos que estivesse metido com marinheiros em algum canto, depois que pudesse estar em um dos outros navios. Infelizmente descobrimos que não – O cozinheiro tentou explicar.

– Vamos voltar! – Bruno gritou, levantando.

– Não é possível – o cozinheiro falou. – Os ventos sopraram fortes o tempo todo, e estamos muito distantes da terra. O almirante não arriscaria retornar por um simples ajudante de cozinha.

– Esse ajudante de cozinha é meu irmão! – Bruno gritou. – Meu irmão! – ele repetiu, tentando andar em direção à escada. – E nós vamos obrigar o almirante a voltar. Que se dane esta esquadra! Que se danem as Índias! Ele precisa voltar! Ele precisa voltar!

– Calma! Os navios não vão voltar por causa de Rafael, você tem de entender isto! – o cozinheiro disse, agarrando Bruno com firmeza e sentando-o novamente.

– Vocês deviam ter cuidado dele! Não podiam ter deixado isto acontecer! – o garoto berrava olhando para o francês, enquanto seu corpo vermelho suava e tremia. Jean Marc ia dizer alguma coisa, mas o cozinheiro apertou sua mão num sinal para que ficasse calado. Bruno continuava:

– Todos vocês desta maldita esquadra deviam ter tomado conta dele, o meu irmão, o meu irmãozinho, o meu irmãozinho...

– Bruno...

– Escória maldita! Vocês abandonaram meu irmão! – o garoto continuou berrando. Ajeitou-se no catre e tirou a proteção que envolvia o ombro, jogando-o sobre o cozinheiro.

– Vou voltar sozinho. Eu preciso de um barco! Me consiga um barco! Depressa!

Domingos olhou para o francês, desolado. Depois agarrou novamente Bruno, desta vez segurando o pescoço do garoto entre suas mãos enormes. Sufocou um pouco para que Bruno acalmasse.

– Escuta! – obrigou o garoto a encará-lo. – Você não vai sair daqui. Já me sinto culpado com o que aconteceu ao seu irmão e não vou me sentir por você também, por isso, tente se acalmar!

Bruno encostou-se um segundo fitando o teto. Depois olhou para o francês e para o cozinheiro. Começou a chorar escondendo o rosto com as mãos, sem se importar com o ferimento que ameaçava abrir novamente. Palavras e lágrimas se misturavam enquanto praguejava:

– Maldita esquadra! Maldita viagem!

– Bruno...

– Me deixem sozinho! Sumam! Sumam!!

O cozinheiro pegou Jean Marc pelo braço e o levou dali. Os homens que haviam se juntado em torno da cena começaram a se afastar, lançando um último olhar para o garoto, que virara para o canto sobre o ombro ferido e soluçava.

O jovem francês também chorava, limpando as lágrimas que escorriam pelo nariz com a manga de sua surrada manta. Enquanto subia a escada, ouviu Domingos prometer:

– Em nome de Rafael, eu farei com que ele fique bem.

A esquadra avançava lentamente, acompanhando o litoral africano e se aproximando do Cabo da Boa Esperança. Este era o novo nome que Portugal adotara para o lugar desde que Bartolomeu Dias conseguira atravessá-lo, mas os marinheiros ainda o chamavam pelo nome que o navegador dera: Cabo das Tormentas. Achavam mais correto.

O dia da grande tempestade começara azul e limpo,

mas logo os homens mais experientes sentiram o hálito de chumbo invadir as escotilhas e tomar conta da embarcação. Cochichavam entre si: "Ela virá assim que anoitecer."

Precavido, o almirante ordenou que reforçassem a proteção dos barris e a sacaria dos alimentos. Jean Marc e Antero Gusmão se apressaram em amarrar todos os instrumentos de trabalho com corda dupla, enquanto o astrônomo decidia em que lugar estariam mais seguros os mapas. Resolveu que seu corpo era a resposta e enfiou-os camisa adentro, presos na barriga pela cinto da calça.

– O céu está tão limpo, tudo parece calmo... acredita mesmo que ela virá?

– Pode acreditar você também. Sua Alteza resolveu chamar este lugar de Boa Esperança, mas seu nome verdadeiro é Tormenta. Aqui os ventos lutam entre si até a morte – Antero Gusmão respondeu enquanto ajeitava um último desenho sobre as costelas. Quando terminou, olhou para o horizonte e fez o sinal da cruz. Pelo sim, pelo não, Jean Marc o imitou...

Quando a tempestade chegou, nem o mais pessimista dos homens contava com tamanha fúria.

Alguns acreditavam ser o fim do mundo. Outros, tendo certeza disso, confessaram aos raios seus pecados e imploraram perdão. Como resposta, começaram a ser jogados de um lado ao outro do navio, tão indefesos quanto amendoins.

O céu parecia gritar, ferido pelas nuvens que investiam umas contra as outras, os ventos que vinham do sul atacavam os que vinham do norte, dançando descontrolados em pequenos redemoinhos que se formavam e corriam alucinados. A água caía contra as embarcações chicoteando e explodindo, engolindo os navios num labirinto de espuma e escuridão. Ondas cresciam encurvadas, mordendo as nuvens, para logo em seguida descerem descontroladas, como um estranho animal que sente dor, mas se diverte enquanto geme.

Alguns navios tiveram tempo de baixar suas velas, de alguma forma conseguindo flutuar enquanto eram atirados entre o céu e o mar. Outros não.

Os últimos homens a deixar o convés fecharam as escotilhas e se refugiaram no porão, sem mais nada a fazer a não ser rezar e ouvir a embarcação estalar e uivar em convulsão. Jean Marc ficou ao lado de Bruno, ajudando-o a se segurar enquanto apertava as costas contra os degraus da escada.

Depois de horas que pareceram meses, os ventos resolveram descansar suas armas, e o tempo voltou a se acalmar, como num sonolento domingo de verão. As nuvens escuras rumaram enfileiradas a um outro horizonte, e enfim as ondas, que antes gritavam e gesticulavam histéricas, agora acariciavam suavemente o casco das embarcações.

Mas o estrago já estava feito. E aquele lugar mantinha sua fama de maldito.

Quatro embarcações naufragaram, uma delas comandada por Bartolomeu Dias, o mesmo homem que doze anos antes conseguira dobrar pela primeira vez aquele cabo. Um outro navio se desgarrou e foi parar na costa da África.

Mas a esquadra, ainda que contando seus mortos, ainda que lambendo seus ferimentos, continuou firme navegando em direção às Índias.

Talvez por causa do confronto com o mar, talvez pela escolha imediata entre sobreviver e morrer, o fato é que

Bruno, depois da luta que travaram contra a tempestade, saiu do abismo em que se enfiara e decidiu finalmente enfrentar a perda de Rafael.

Como prometera, Domingos reforçou todos os cuidados com o garoto, se desdobrando no preparo do emplastro de ervas, na limpeza do ferimento, e providenciando uma reforçada e clandestina alimentação, já que usava de sua privilegiada posição para desviar ovos, carne e verduras, que pertenciam exclusivamente ao cardápio dos oficiais.

Nos dias indolentes que vieram após a tempestade, Bruno subia até o convés para tomar sol e ajudar os homens nas tarefas em que podia usar somente o braço esquerdo.

Não demorou e já se arriscava a usar também o direito em pequenos trabalhos.

Pouco a pouco, graças à sua juventude, aos cuidados incansáveis de Domingos, mas principalmente por sua decisão de viver, Bruno curou a ferida do ombro e, se não curou o estrago da alma, resolveu se virar com o que restava dela.

Finalmente a esquadra – agora composta apenas por seis navios – se aproximou de Calicute, a cidade indiana na qual planejavam desembarcar, no dia 13 de setembro de 1500, sob uma chuva fina e inesperada.

Assim que recebeu garantias, o almirante ordenou que uma comissão, composta por homens de sua extrema confiança e trajando as mais impressionantes vestimentas, desembarcasse para negociar com o soberano daquele rico pedaço de terra.

O fato é que desde que a comitiva desceu a rampa exibindo seus casacos esvoaçantes e joias, desde que percorreu as ruas da cidade até o suntuoso palácio e desde que o pequenino e atarracado soberano colocou seus olhos sobre aqueles homens, tudo estava fadado a dar errado.

E foi o que aconteceu.

Depois de exaustivas, intrincadas e longas confabulações e uma pequena troca de favores entre as partes, o califa permitiu que Cabral instalasse a feitoria portuguesa nas imediações da cidade.

As conversações, porém, continuaram cada vez mais complicadas e conflituosas, principalmente porque o soberano da rica cidade não se mostrara nem um pouco impressionado com o que Portugal tinha a oferecer em troca de suas cobiçadas especiarias. Além do mais, Vasco da Gama não deixara boa impressão quando estivera ali.

Em meio a tantos desentendimentos, o que seria uma missão comercial acabou se transformando numa missão de guerra.

Num misto de fúria, traição e resposta aos conflitos que ocorreram desde o primeiro dia, o califa ordenou um ataque à feitoria. Quase todos foram mortos, inclusive o escrivão Pero Vaz de Caminha.

O almirante recebeu a notícia quando se preparava para encher com vinho um cálice de ouro que recebera do próprio califa, como presente de boas-vindas. Primeiro pensou em atirá-lo ao mar, mas sua fúria foi maior e pisou sobre o cálice tantas vezes que por fim parecia uma pequena moeda, não uma joia finamente esculpida.

– Estamos em guerra! – praguejou.

O primeiro ataque aconteceu quando um galeão árabe se aproximava do porto de Calicute tentando atracar. O navio foi seguido pela nau de Álvares Cabral, equipada com poderosos canhões. Um tiro certeiro arrancou metade de sua popa, e a embarcação ficou girando sem rumo, circundando o cais enquanto tentava responder ao fogo.

Bruno e Jean Marc se debruçaram na amurada, observando a explosão dos canhões e evitando os estilhaços de madeira que voavam e depois caíam do céu como espinhos ameaçadores. Bruno aguardava ansiosamente o combate corpo a corpo, enquanto o francês rezava para que a embarcação inimiga afundasse e não tivessem que enfrentar os temidos árabes.

Para tristeza do francês, alguém gritou:

– Preparar para a abordagem!!!

Os soldados portugueses, munidos de espadas longas e arcabuzes, além dos pesados mosquetes, tomaram a frente, prontos para o primeiro ataque. O resto da tripulação se armou usando desde pequenas lâminas até ganchos. Bruno conseguiu de Domingos uma espada tão cheia de dentes que mais parecia um serrote. Subiu sobre a amurada gritando:

– Ao combate! Ao combate!

Entre tiros de canhão disparados a curta distância e espocar dos arcabuzes, os homens partiram para o combate corpo a corpo. Os árabes subiam em grupos compactos desferindo golpes de espadas contra os portugueses.

– Morte aos miseráveis! – Bruno gritava. Lutava sem habilidade, mas com fúria, e se safava dos golpes inimigos correndo, subindo nas cordas, atacando e se abaixando de uma forma tão improvisada que acabava confundido os experientes soldados árabes.

Outros navios da esquadra se aproximaram, e mais portugueses pularam sobre a embarcação árabe. A chegada dos reforços fez com que a batalha terminasse rapidamente.

Para Antero Gusmão, não foi rápido o bastante. Avesso a batalhas, o pobre homem se escondera entre os barris, mas foi descoberto por uma espada afiada e enraivecida.

Jean Marc só o encontrou quando os árabes resolveram se entregar. Achou o astrônomo debruçado sobre os próprios braços depois de procurá-lo por todo o navio. Ficou ajoelhado junto ao seu corpo até que Bruno se aproximou.

– Temos de jogá-lo no mar.

Bruno colocou o braço sobre seu ombro e insistiu:

– Temos de jogá-lo no mar.

Jean Marc arrancou o punhal de ouro que Antero Gusmão trazia preso à cintura e o guardou. Depois levantaram o corpo magro e o escoraram na amurada. Quando o corpo do astrônomo caiu na água, afundou por alguns segundos, mas voltou novamente, deslizando. Flutuou antes de começar a desaparecer novamente deslizando para o fundo.

Depois desse ataque, o almirante autorizou que outros navios fossem abordados, saqueados e afundados. Mas sua fúria diminuiu apenas quando ordenou que os canhões se virassem contra a cidade e a bombardeassem, pondo abaixo quase todas as casas. Esboçou um sorriso quando observou os destroços do suntuoso palácio que antes abrigara o califa. Finalmente sentia-se vingado, tanto pessoalmente quanto em nome de Portugal.

Navegando entre os destroços dos navios derrotados, a esquadra partiu para uma cidade mais ao sul chamada Cochim. Ali, usando de muita habilidade política e se aproveitando da rivalidade entre esta cidade e Calicute, Cabral não encontrou dificuldades para negociar. Conseguiu permissão para que novas feitorias fossem instaladas e barganhou sob condições muito favoráveis especiarias raras por mercadorias pouco valiosas.

Navegando um pouco além, encontrou Cananor, outra cidade cuja riqueza lhe permitiu finalmente abarrotar os navios de pimenta, canela e variadas especiarias orientais.

Velas foram levantadas.

Depois de um ano e meio navegando, os portugueses finalmente iniciaram sua viagem de volta à Europa.

Pedro Álvares Cabral, mesmo tendo sua esquadra reduzida à metade, conseguira cumprir a missão para a qual tinha sido designado: consolidar a rota de comércio com as Índias. De quebra, ainda encontrara Vera Cruz, que logo teria seu nome mudado para Terra de Santa Cruz e em função de sua preciosa madeira, para Brasil.

Então, nada mais tinha a fazer senão voltar para casa.

Portanto, ainda que os separassem milhas e milhas de distância, os homens já sentiam Lisboa ao acordar, ao se alimentar e ao dormir. Se quando partiram sonhavam com terras distantes e riqueza, ao iniciar o retorno só tinham pensamentos para a velha goiabeira do quintal, o cachorro que estranharia a nova aparência, a mulher que certamente teria engordado um pouco mais.

Dentro dos navios a vida começava a acomodar-se, enquanto o cortejo de embarcações deslizava voltando para casa.

Numa tarde ensolarada e fria em que praticamente todos os homens estavam desocupados, Jean Marc e Bruno sentaram num par de barris no convés, mastigando biscoitos mofados enquanto jogavam farelos para um cardume

de dourados que acompanhava o navio.

– Sabe o que o meu pai disse quando resolvi sair de casa? – o francês perguntou, quebrando o silêncio.

– "Não volte nunca mais" – Bruno brincou.

– Quase isto – Jean Marc riu. – Ele tem posses e esperava que eu tomasse conta do negócio deles...

– Que negócio?

– Joias. A maior parte desses nobres idiotas usam joias fabricadas por meu pai.

– Hmm... e o que foi mesmo que ele disse?

– Que esperava que eu fosse devorado por um selvagem. Acho que vai ficar muito decepcionado se um dia eu aparecer para visitá-lo...

Os dois riram e depois debruçaram na amurada para observar um tubarão atacar o grupo de dourados que eles estavam alimentando. Ficaram inclinados até o espetáculo acabar e voltaram aos biscoitos e à conversa.

– E os seus? – Jean Marc perguntou.

– Meus o quê?

– Seus pais, ora. Onde estão?

– Mortos...

– Os dois?

Bruno não respondeu. Jogou o resto do biscoito no mar e ficou prestando atenção ao barulho dele contra a água. Jean Marc ficou encabulado e tentou consertar:

– Que tal um jogo de cartas?

– Nossos pais possuíam uma pequena fazenda em Aragão – Bruno começou a falar. – Plantavam batata e criavam porcos, que vendiam na feira aos domingos. Éramos pobres, mas os dois trabalhavam como animais e tínhamos uma vida melhor que a maioria das pessoas. Talvez isto mais o fato de serem estrangeiros tenha despertado a inveja de alguns vizinhos...

Bruno silenciou alguns segundos para tomar fôlego antes de dizer:

– Foram acusados de feitiçaria.

– Meu Deus!

– Nossa mãe costumava vender bolo de milho ao ferreiro da cidade. A mulher deste homem era quem implorava para que ela os fizesse, mas quando acordou um dia reclamando de fortes dores no estômago, resolveu acusar nossa mãe de ter vendido um bolo enfeitiçado. Em pouco tempo apareceram outras pessoas dizendo que meu pai as amaldiçoava quando passavam em nossas terras. Não demorou muito para que fossem presos como feiticeiros e tivessem a propriedade e todos os animais confiscados. Conseguiram nos esconder e facilitar nossa fuga antes de serem levados. Vivemos semanas no mato até que resolvemos voltar e tentar ver os dois. Para nosso azar, chegamos no dia da execução; tinham sido condenados às fogueiras. Quando os vimos amarrados sobre os gravetos começamos a correr como loucos para fugir dali, mas os gritos da multidão...

– Malditos ignorantes! – Jean Marc praguejou. Depois ficou remexendo as mãos sem saber o que dizer, até que resolveu perguntar:

– Por isso foram parar em Lisboa?

Bruno não respondeu; dobrou os joelhos e colocou a cabeça entre eles. Quando começou a chorar, Jean Marc passou o braço em seu ombro e ficou quieto, apenas torcendo para que as lágrimas viessem. O sol já havia desaparecido na linha do mar quando Bruno acalmou. A noite caíra tão rápida e fria que resolveram juntar-se a um grupo que se aquecia em torno de velhas histórias e algumas garrafas de vinho. O cansaço, o frio e as histórias logo fizeram efeito, e quando o sono chegou, os dois improvisaram camas usando restos de uma vela recém-trocada e se esticaram ali mesmo, sob as estrelas.

Dormiram tão profundamente que despertaram apenas quando os homens começaram a gritar. Tanto no mar quanto em terra.

Um jovem feirante apanhava água para jogar sobre os cavalos de sua carroça quando olhou para o horizonte. Lá adiante enxergou o primeiro pontinho aparecer lentamente e crescer pouco a pouco. Apertando os olhos conseguiu distinguir outros pontos se juntarem ao primeiro e em seguida desaparecerem sob um amontoado de nuvens. Curioso, o jovem ficou aguardando até que, quando surgiram novamente, os pequenos pontos haviam se transformado em navios, sobre os quais flutuavam esfarrapadas bandeiras portuguesas. Levou um segundo até entender.

– Cabral... – disse para si mesmo num sussurro.

Depois, refeito do susto, começou a gritar:

– Cabral!... Cabral!... Eles voltaram!! Eles voltaram!! Os navios de Cabral! Os navios de Cabral!!!

Um pequena multidão acotovelou-se junto ao homem enquanto tentava encontrar o melhor lugar para observar. Logo todos avistavam com clareza a cruz-de-malta pintada nas imensas velas que se aproximavam estufadas. Quando qualquer dúvida sobre que navios eram aqueles desapareceu, uma histeria tomou conta do lugar e, aqui e ali, em meio a uma correria desordenada, ouviam-se os gritos daqueles que haviam aguardado por quase dois anos:

– Meu filho! Meu filho!

– Ananias!

– Você voltou!... Deus seja louvado!...Você voltou!...

Nas embarcações, alguns soldados marcados por cicatrizes e peritos em arrancar cabeças choraram como recém-nascidos ao avistarem Lisboa.

Pedro Álvares Cabral, que não arredara o pé do convés desde que os primeiros sinais indicaram que Portugal estava próximo, encontrava-se junto ao leme quando os navios manobraram em direção ao porto. Ardia de saudades da esposa e dos filhos, mas o primeiro pensamento dedicou aos homens que haviam morrido, e em especial aos parentes que aguardavam no porto e ainda não sabiam disto.

Os garotos, debruçados na amurada e admirando os contornos da capital portuguesa, haviam dançado como loucos no convés, logo que as primeiras habitações surgiram avisando da chegada.

Assim como todos, também fizeram suas orações de agradecimento.

Mas agora estavam mais pensativos que eufóricos, inclinados sobre o mar e observando a torre da igreja se aproximar lentamente, as cores do mercado ficarem mais nítidas a cada onda, e os odores de Lisboa ganharem tanta vida que já se podia sentir o cheiro de alecrim.

Jean Marc repassava os dias, semanas e meses desde o embarque, mas relembrava principalmente o encontro com Antero Gusmão. Ser apresentado aos astros não apenas acendera uma luz em seu caminho; definitivamente, transformara sua alma. Se antes implorava por novidades, agora apenas os mistérios lhe interessavam.

Indiferente ao barulho dos marinheiros em festa, Bruno admirava a espuma das ondas dissolvendo-se e sorria para Rafael, contava os pássaros que acompanhavam a nau e abraçava Rafael, acompanhava a multidão acenar do porto e corria com Rafael numa pequena fazenda do interior.

—**D**iabos!

– Sinto muito, senhor.

– Quantos homens morreram?

– Todos os que estavam na praia, inclusive o padre Nestor. Alguns foram feitos prisioneiros mas tiveram menos sorte ainda, pois dizem que esses indígenas costumam devorar qualquer inimigo capturado.

– Mas nós somos o reino! O reino! Não um bando de selvagens que eles possam tratar como seus inimigos comuns. Malditos ignorantes!

– Os sobreviventes afirmam que o ataque foi comandado pelo tal tupinambá...

O homem calvo e compenetrado estremeceu ligeiramente, apoiando-se na ponta da mesa. Suas roupas pesadas e imponentes brilhavam contra a luz que entrava pela grande janela aberta na direção do jardim. Seu rosto empalideceu como se sombras geladas o houvessem encoberto.

Tinha pouco mais de quarenta anos, era ainda forte e rijo, dono de um olhar que impressionava quando fitava o interlocutor. Possuía onze navios que faziam comércio entre Lisboa e Calicute, na Índia, e São Mateus, em Angola. Do Oriente trazia canela, seda e pimenta. Da África trazia escravos.

Construíra sua fortuna a duras penas. Começara a viajar embarcando na esquadra do almirante Pedro Álvares Cabral, e desde então tornara-se tripulante de todos os navios que rumavam em direção às Índias. Por sua coragem e dedicação ao trabalho, de simples grumete passou a marinheiro, depois a piloto e finalmente a comandante. Já possuindo algum prestígio, uniu-se a um nobre falido dono de dois navios semidestruídos. Reformou-os e passou a navegar até o Oriente comercializando tanto com os árabes quanto com os africanos. Em alguns anos multiplicou os navios que possuía. Usando muita habilidade e certa truculência, conseguira que o sócio lhe vendesse sua parte no negócio e desde então tornara-se o único dono da companhia. Batizou-a de Companhia de Navegação Rafael Scalfi, em homenagem ao irmão que desaparecera na viagem do descobrimento. O nome do comerciante era Bruno Scalfi, e sua cabeça latejava.

Colocou a mão na testa e sentiu que um fio de suor arrastava-se lento em direção ao nariz. Passou o lenço no rosto e se aproximou da janela tentando respirar melhor. Ficou olhando os telhados enfumaçados de Lisboa vibrarem na luz daquela manhã de primavera. Finalmente ordenou ao empregado:

– Encontrem o Louco e tragam-no aqui.

– Mas senhor, não sabemos onde ele está. Talvez nem esteja em Portugal neste momento, ele...

– Não me importa que esteja na China! Encontrem-no!

– Sim, senhor.

Uma semana depois, o Louco arrastou sua manta pesada e escura pelos corredores da companhia de navegação e entrou sem ser anunciado na sala de Bruno Scalfi. O comerciante assinava alguns papéis quando viu o corpo magro caminhar em sua direção. Levantou-se entusiasmado.

– Jean Marc!

– Bruno!

O jovem francês se tornara um respeitado astrólogo e profundo conhecedor da astronomia, ultimamente interessado no poder curativo das plantas. Quando não estava na corte atendendo aos nobres que o procuravam insistentemente, desaparecia nas florestas e se dedicava aos estudos, enfiado em alguma caverna úmida, acompanhado apenas de seus livros, cadernos de notas e um cão fiel que mancava de uma das patas. Com frequência era visto apanhando raízes com o mesmo punhal de ouro que tirara da cintura de Antero Gusmão. A população ignorante primeiro começou a chamá-lo de bruxo, o que levantou suspeitas da Igreja e fez com que Jean Marc fosse "convidado" diversas vezes pela Inquisição para ser interrogado. Só o deixaram em paz quando Bruno ameaçou interromper os favores financeiros que prestava ao clero.

Assim sendo, Lisboa desistiu de chamá-lo de bruxo e passou a chamá-lo de louco. Com o tempo este adjetivo tornou-se nome próprio, e até a nobreza começou a tratá-lo, com um misto de temor e admiração, de Louco. Apenas Bruno continuava a chamá-lo intimamente de Jean Marc.

O dois homens viam-se com a frequência que suas ocupações permitiam, mas nunca perderam contato desde que fizeram juntos a primeira viagem. Pode-se dizer que um era o único e verdadeiro amigo do outro, apesar das inúmeras diferenças entre eles. Depois de trocarem saudações, Jean Marc se serviu do vinho rosado que Bruno colocara a sua disposição.

Antes que o comerciante começasse a falar, o francês adiantou-se:

– Me chamou aqui por causa do tal guerreiro tupinambá?

– Agora se tornou também adivinho?

– Não é preciso ser adivinho. A pulga atrás de sua orelha começou a coçar novamente, não é?

– O que você acha?

– Se acredito que o tal guerreiro possa ser Rafael?

Bruno levantou-se e caminhou até a janela. Seu corpo forte ficou balançando contra a luz enquanto esperava a resposta.

– É possível, mas existem notícias de vários europeus que passaram a viver com os indígenas – Jean Marc falou.

– A mancha de nascença que Rafael tem nas costas... alguns homens juram que o tal guerreiro a tem...

– Isto aumenta as possibilidades.

Bruno colocou a mão na mesa e se virou.

– Quando penso que pode ser ele... Esperava um dia encontrar nem que fossem seus ossos. Agora a única chance de ele estar vivo é tendo se transformado num selvagem assassino.

– Não seja dramático.

– Dramático? Dizem que o tal guerreiro é tão cruel quanto um animal. Seu grupo ataca qualquer europeu que ouse colocar os pés nos territórios que dominam.

– Territórios que pertencem a eles.

– A eles? Nós descobrimos, tomamos posse e colocamos o marco de Portugal naquela terra selvagem.

– Terra que já habitavam muito antes que...

– Habitavam como selvagens ignorantes, o que ainda são.

Bruno andava nervosamente de um lado para o outro enquanto falava. Terminou dizendo em tom de confissão:

– Pela manhã minha mente torce para que não seja ele, à noite meu coração reza para que seja...

– Só existe uma maneira de descobrir – Jean Marc

interrompeu, servindo para si mais um pouco do vinho. Ficou olhando o amigo enquanto dava pequenos tragos na bebida. – E você sabe qual é.

– Outra viagem procurando por ele?

– Se a mancha foi vista, os fatos agora são novos...

Bruno deu alguns passos na direção da janela, acariciando o queixo arredondado e liso.

– Você viria comigo?

– Pode apostar nisso.

– Então está decidido.

Jean Marc se despediu do amigo beijando sua face. Bruno envolveu-se imediatamente nos preparativos para a viagem.

Portugal praticamente não se interessara pela colônia nos primeiros anos após a tomada de posse, pois não vira nela nada que valesse muito esforço, já que suas finanças e interesses estavam todos voltados para a exploração do comércio com as Índias.

A nova terra parecia ter como única riqueza o pau-brasil, explorado por investidores a quem a coroa fornecia concessão. Fora isso, servia apenas como um porto de abastecimento para os navios que seguiam em direção à Ásia.

Mas a roda da história fez a coroa mudar de ideia.

A França, inconformada com o Tratado de Tordesilhas, que dividia todas as terras a serem descobertas entre Portugal e Espanha, e sabendo do abandono em que se encontrava o Brasil, viu nisso uma oportunidade de explorar sua costa carregando os navios com a lucrativa madeira que depois vendiam nos portos da Europa.

Por outro lado, a Espanha havia encontrado grande quantidade de ouro e prata nas colônias vizinhas, o que deixou a coroa esperançosa de que as terras brasileiras também pudessem esconder os valiosos metais.

Esses fatos, somados ao enfraquecimento do comércio com as Índias, fizeram com que Portugal finalmente voltasse os olhos para o Brasil.

O rei dom João III ordenou que Martim Afonso de Souza partisse com a missão de comandar a primeira tentativa real de colonização. No dia 3 de dezembro de 1530, uma nau, dois galeões e duas caravelas deixaram Lisboa carregados de emigrantes, soldados e religiosos, iniciando aí uma nova era nas relações de Portugal com sua posse nos trópicos. A partir daquele momento, a ordem era expulsar os invasores, povoar o litoral e explorar todo e qualquer lucro que a colônia pudesse oferecer.

Por essa razão, Bruno Scalfi não teve dificuldades em convencer a corte da importância de sua viagem ao Brasil. Além de ajudar na proteção do litoral contra os franceses, traria em sua comitiva religiosos e colonos dispostos a se arriscarem na nova terra.

O comerciante decidiu que seguiria para o Brasil com uma pequena frota de três caravelas. Convidou para piloto o genovês Marco Loreto, que já tinha navegado em águas brasileiras a serviço de corsários franceses e não tinha escrúpulos em servir obedientemente a qualquer um que pagasse bem.

Convenceu duzentos lusitanos da grande chance que teriam no Novo Mundo. Eram ladrões, camponeses empobrecidos, criminosos procurados pela guarda real e aventureiros dispostos a qualquer negócio, que tinham muito pouco a perder caso aquela experiência fosse um fracasso.

No dia da partida, os navios balançavam preguiçosamente no frescor da madrugada. Bruno, que deixara em terra uma devotada esposa e cinco filhos, movimentava-se para lá e para cá, ansioso. Um grupo de soldados contratado pelo comerciante tentava impor alguma ordem aos

futuros colonos que se amontoavam na amurada amaldiçoando Lisboa, cidade na qual sempre foram tratados como escória.

Silenciaram quando viram o homem magro envolto numa grossa capa escura caminhar pela prancha. Seguia-o um cachorro manco que, apesar disso, movia-se com a mesma altivez de seu dono.

Bruno já o esperava com um sorriso de alívio enfeitando a cara geralmente sisuda.

– Ora, viva! – Jean Marc o saudou. Quer dizer que ainda não perdeu a capacidade de sorrir?

– Não se entusiasme muito... Vejo que seu fiel escudeiro também vai navegar. Qual o nome dele?

– Cão Manco. Combina com Louco, não acha? – Jean Marc ironizou.

Bruno virou-se e acenou para o ajudante de ordens: "Podemos partir", avisou.

A madrugada só agora começava a se desfazer em pequenas manchas que aqui e ali clareavam o céu, anunciando um dia limpo e promissor. O vento soprava em rajadas intensas, e assim que as velas foram içadas e os panos inflaram-se impulsionando as caravelas, uma ruidosa comemoração tomou conta das embarcações. Eram os homens, mulheres e crianças que saudavam o futuro, enquanto apreciavam Lisboa desaparecer com um misto de rancor e alívio.

O Brasil os esperava.

—**S**ão portugueses?

O velho índio apurou os olhos e tentou identificar as cores da bandeira que tremulava no alto do mastro.

– Não. É um navio francês.

– Quando desembarcarem serão franceses mortos.

O mais jovem do grupo riu e bateu palmas. Eram doze guerreiros ornamentados para guerra. Alguns usavam pele de onça como uma capa que cobria metade das costas, outros preferiam se enfeitar com couro ressecado de lobo, mas a maior parte contentava-se apenas com pinturas: faixas que contornavam toda a perna dando a impressão de argolas multicoloridas, traços avermelhados que começavam no nariz, se abriam nas laterais e depois desciam em direção ao queixo. Além disso, todos traziam colares de dentes de animais em volta do pescoço.

Ouviu-se um lamento generalizado quando a caravela, que até então avançava em direção à praia, começou lentamente a virar e se desviar para o norte, desistindo de desembarcar naquele lugar.

Depois de algum tempo observando melancolicamente o navio se afastar, o grupo resolveu pescar sobre as rochas embicadas no mar. Quando voltaram para a aldeia, levavam quatro ou cinco cestos abarrotados de peixes.

Era mais um acampamento que uma aldeia, pois esse grupo se movia constantemente de um lugar para o outro, fosse para conseguir alimento com mais facilidade, fosse para atacar os estrangeiros que desembarcassem. Haviam aberto uma extensa clareira não muito distante da praia, e ali, no centro, fumegavam as brasas de uma grande fogueira preparada para os inimigos que esperavam capturar na frustrada batalha.

Quando a noite veio, os homens se reuniram para beliscar os peixes enquanto bebericavam o cauim, que corria de mão em mão em pequenas cuias. As crianças alimentavam o fogo jogando pequenos gravetos de quando em quando, mas preferiam prestar atenção na conversa dos adultos.

– Os *pero* escaparam por muito pouco hoje.

– Muita gente gosta deles, mais que dos *maíra*.

– São iguais, fedem do mesmo jeito. Os franceses tentam parecer amigos porque precisam de nós na luta contra os portugueses.

– Temos de acabar com todos eles.

– Ou eles acabam com a gente – um dos guerreiros falou, apontando para um grupo de índios timbiras que a tribo havia acolhido. – Ali só tem dez, na aldeia deles eram mais de duzentos. Todo mundo morto. Canhão português em cima deles até acabar todo mundo. Sobraram dez...

– Mas cada vez chegam em maior número.

– Se matarmos todos os que desembarcarem, vão desistir da nossa terra.

– Por que não desistiram ainda?

O chefe Tibiruçu se aproximou da fogueira para aquecer as pernas. Aquilo foi o suficiente para os homens silenciarem, esperando que ele falasse.

– Ainda não matamos brancos em número suficiente.

Se as outras tribos estivessem conosco, já teríamos vencido, mas muitas estão se juntando aos europeus, vestindo suas roupas, trabalhando para eles e rezando debaixo daquele pedaço de madeira.

– Nós não.

Como um coral bem ensaiado, vários guerreiros acompanharam:

– Nós não... nós não.

– Temos de começar a atacar as vilas deles. Não podemos esperar que venham até nós. Temos de ir atrás deles.

Os homens ficaram excitados com o discurso do chefe.

– Temos de atacar as vilas...

– Destruir as igrejas...

– Matar seus animais...

– Queimar os campos...

– Afundar suas caravelas...

Cerimonioso, Tibiruçu disse:

– Se for preciso, atravessaremos o mar com nossas canoas e vamos até a tribo dos brancos no outro lado do mundo, matamos muitos, e os que sobrarem não vão ter coragem de vir aqui roubar um graveto que seja.

Ao ouvirem as palavras de Tibiruçu, os guerreiros apontaram suas lanças contra o fogo e fingiram espetar. Depois, tão animados quanto furiosos, encenaram uma batalha em que dança e ameaça se misturavam para aterrorizar um inimigo invisível.

Apenas quando a madrugada chegou com sua brisa fria, os guerreiros pararam de dançar para buscar o refúgio aquecido das ocas.

Jupyajara deitou na rede onde sua mulher há muito balançava, embalando o filho que adormecera enquanto mamava. Ela puxou a criança e abriu espaço para que o marido se esticasse melhor. Acariciou os ombros dele e ficou apreciando por alguns minutos seus olhos, que depois de tanto tempo ainda a fascinavam como da primeira vez que os vira. As rugas que vincavam aqui e ali não apagavam a beleza do rosto de Jupyajara, encoberto em algumas partes pelo longo cabelo que escorria, cheirando a óleo de coco.

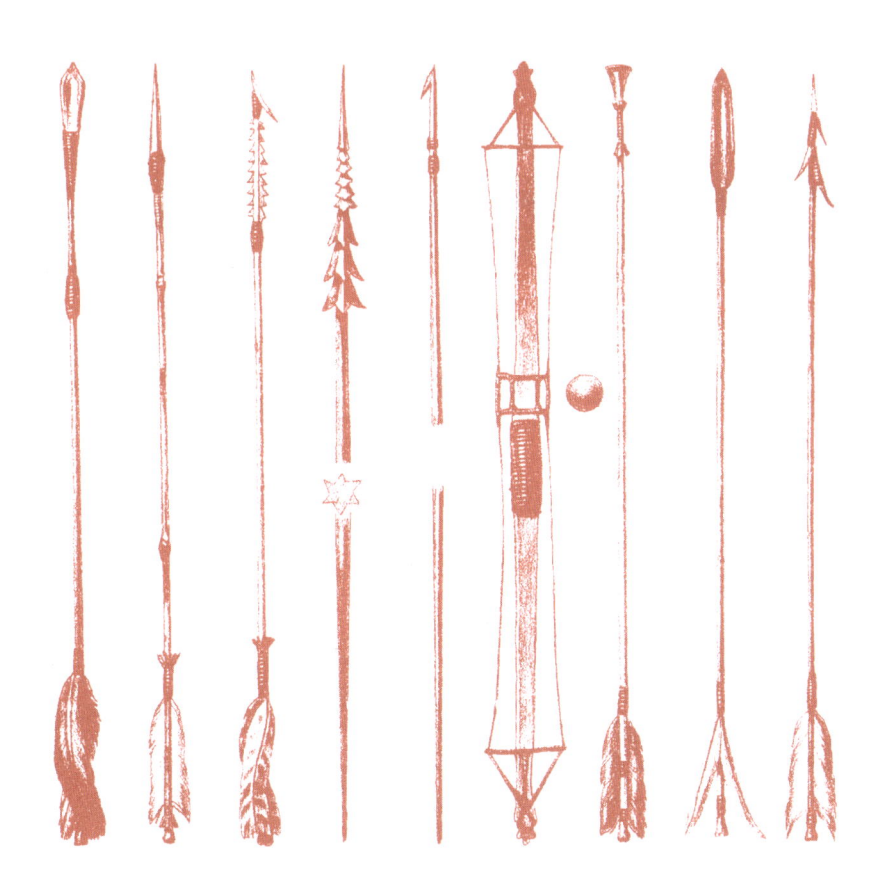

Bruno Scalfi ancorou seus navios no litoral norte do Rio de Janeiro no dia 18 de julho de 1534, sendo recebido pelo sol agradável e claro do tímido inverno tropical.

Como parte do plano de colonização, o Brasil tinha sido dividido em doze capitanias hereditárias, cujas extensas faixas de terra começavam no Maranhão e seguiam até Santa Catarina. Bruno conseguira do donatário da capitania de São Tomé, Pero de Góis, licença para fundar uma vila próxima ao lugar onde hoje é a cidade de Cabo Frio. O lugarejo serviria como apoio para que seus homens fizessem incursões ao interior em busca de ouro, além de sítio para exploração de madeira. Só Jean Marc e ele sabiam do principal motivo daquela viagem.

Assim que desembarcaram nas novas terras, o comerciante mandou erguer a fortaleza que serviria como administração e residência, além da igreja simples construída com ossos de baleia, gravetos e barro.

Dois meses depois, quando a exuberante mata onde acamparam já adquirara aspecto de vila, Bruno convocou Jean Marc e dois de seus mais confiáveis empregados, Anísio Vilela e João Carvalho, para uma reunião.

– Vou mandar alguns homens para o interior em busca

de ouro. Outro tanto vai trabalhar na derrubada e embarque do pau-brasil, enquanto um terceiro grupo cuidará da segurança da vila – avisou.

– Posso comandar o grupo de exploração... – João Carvalho sugeriu, já que era especialista em se embrenhar nas matas africanas atrás de escravos.

– Era em você que eu pensava. Anísio Vilela comandará o grupo de trabalho e eu cuido da segurança.

– E o Louco? – Jean Marc perguntou, brincando com a própria alcunha e com sua função naquela empreitada.

– Será meu astrólogo pessoal – Bruno sorriu, encerrando a reunião e se dirigindo ao centro da vila para inspecionar algumas casas que os colonos erguiam.

Antes mesmo que os planos do comerciante fossem colocados em prática, tiveram o primeiro contato com os indígenas.

Um grupo de tupiniquins se aproximou do lugarejo no domingo pela manhã, quando os homens rezavam reunidos. Jean Marc, que não participava das orações, ocupado no pequeno laboratório que montara, viu quando desceram a trilha que contornava a administração e se apertaram curiosos na porta da capela. Um bando de homens saiu assustado pelos fundos agarrando as armas. O francês correu gritando:

– Calma! Não atirem!

Os índios o cercaram repetindo:

– Amigo... amigo...

O resto dos homens seguiu Bruno, deixando a igreja.

Anísio Vilela tomou a dianteira e entregou ao chefe do grupo um punhal que trazia no bolso. Recebeu em troca um imponente cocar de penas de arara, que colocou imediatamente na cabeça. Os índios riram com prazer quando o homem fingiu executar uma dança balançando o presente nos cabelos negros. Eram cerca de trinta indígenas sorridentes e amistosos, que logo misturaram-se aos portugueses.

Bruno Scalfi passeou entre eles observando-os. Jean Marc o acompanhava tentando fazer-se entender, mas os indígenas se interessavam apenas por sua estranha barbicha ruiva, que tocavam querendo descobrir se estava mesmo colada à pele ou era apenas um ornamento.

– Parecem crianças – Bruno comentou com sarcasmo.

Anísio Vilela aproximou-se.

– Senhor, o que fazemos com os índios?

– Acomode-os em algum canto e dê-lhes um pouco de comida, mas mantenha-os sob vigilância.

Como uma visita que aos poucos vai esquecendo de ir embora, os indígenas se misturaram aos habitantes da vila que surgia, observando com um misto de encantamento e reverência seus estranhos costumes. Dormiam onde estivessem, derrotados pelo cansaço que sua infinita curiosidade provocava. Com o passar dos dias, construíram pequenas ocas no entorno do vilarejo e começaram a fazer parte do dia a dia da comunidade. Como um anfitrião que percebe as vantagens disto, o comerciante não apenas concordou, mas incentivou a presença deles.

Os portugueses mais jovens e os solteiros de forma geral, impressionados com a beleza das mulheres nativas, apoiaram com estusiasmo a atitude de Bruno.

Uma semana depois, uma tropa de setenta e cinco homens saiu em direção ao sertão em busca de ouro e pedras preciosas. O grupo encarregado de exploração do pau-brasil começou a trabalhar assim que o pequeno exército comandado por João Carvalho deixou a vila. Os indígenas indicavam os melhores locais para se encontrar a árvore preciosa, além de auxiliar no corte, limpeza dos troncos e armazenamento no grande barracão.

Enquanto Bruno se esforçava para manter a boa organização do lugarejo, Jean Marc – que nos trópicos trocara a manta escura por roupas claras e leves – ocupava-se em estudar a mata atlântica. Acompanhado de Cão Manco e de dois adolescentes indígenas, embrenhava-se entre as árvores à procura de novidades. Os garotos o ajudavam a identificar e recolher folhas e frutos usados pela tribo como alimento ou remédio. Depois os armazenava no laboratório onde misturavam-se mapas, cartas astronômicas, anotações feitas às pressas e várias amostras de pedras.

Numa dessas andanças o francês encontrou a medalha.

Ele, Cão Manco e os adolescentes exploravam a encosta de uma montanha junto à praia, interessados nas inúmeras cavernas que a água e o tempo cuidadosamente haviam aberto na pedra. O cachorro chamou a atenção de Jean Marc fuçando alguma coisa enterrada na areia.

– Eu te ajudo – o francês disse.

Cão Manco ficou aguardando ansioso enquanto Jean Marc usava as mãos para remover a areia e desenterrar o objeto. Quando conseguiu, os indígenas pularam sobre ele agitados, apontando para a peça. Era um colar de pequenas contas onde quatro enormes dentes de onça balançavam ainda cobertos de areia.

– Tenham calma! O que está acontecendo?

Os adolescentes apontavam o francês e depois o colar.

Cão Manco olhava com tristeza seu tesouro nas mãos de Jean Marc enquanto os jovens gesticulavam.

– Conhecem o dono deste colar? – o francês falou, levantando a peça. Um dos indígenas a pegou e colocou no pescoço.

– Oropiau. Oropiau – conseguiu dizer.

– Europeu?

O jovem riu, concordando.

– Este colar é de um europeu?

O jovem fechou a cara, discordando. Apontou para o próprio peito e depois para o francês.

– De um indígena europeu? – Jean Marc perguntou, esperançoso.

Os tupiniquins pularam em torno dele, aliviados.

O francês entrou no vilarejo procurando por Bruno. O comerciante ajudava os homens a erguer uma torre de vigia numa das entradas. Quando pegou o colar nas mãos olhou com indiferença o ornamento indígena, mas correndo as contas escuras entre os dedos teve uma vertigem que o obrigou a apoiar-se no amigo, para não cair.

– Esta medalha...

Só então Jean Marc reparou que entre os dentes uma pequena medalha de prata balançava quase invisível.

– Era de minha mãe. Ela a deu a meu irmão antes de fugirmos.

Bruno acariciava a medalha.

– Então é verdade – sussurrou, antes de caminhar em direção à casa forte. Jean Marc o seguiu, acompanhando seus passos rápidos. Quando o francês conseguiu alcançá-lo, estava se servindo de vinho.

– Acho que preferia encontrar seu corpo, ao invés deste colar – Bruno disse, depois de um longo silêncio.

– Não seja tolo! Do que é que está falando?

– Os nativos não disseram que o dono deste colar é um europeu que vive como um indígena?

– Sim, é verdade. Mas quem garante que é o guerreiro? Como ter certeza? Existe uma centena de brancos misturados entre os índios. Pode ser que Rafael seja um deles, mas não aquele que todos temem...

– Mas e se for? E se meu irmão não apenas estiver entre esses ignorantes, mas tiver se transformado num selvagem?

– Não são selvagens, são homens lutando por suas vidas.

– Como ousa falar a favor destes canibais?

– Estão apenas se defendendo contra seus agressores.

– Jean Marc, não é de graça que o chamam de louco.

– É verdade, não é de graça. Pago um preço por enxergar além da mediocridade na qual se esconde a maior parte dos homens. Enxergo, por exemplo, que nós somos os invasores; eles, os donos das terras invadidas.

– Selvagens! Selvagens é o que são!

Bruno encurvou-se sobre a mesa e esmurrou com tanta força a madeira que pequenas farpas rasgaram a pele dos dedos. Depois murmurou:

– Rafael...

– Eu cuido disto – o francês falou, olhando a mão que sangrava.

– Não se preocupe com minha mão – Bruno resmungou.

– O que pretende fazer?

– Por enquanto, trabalhar para não enlouquecer. E tentar acreditar que você está certo... Rafael não é o guerreiro de que falam – ele disse, limpando o ferimento com a própria camisa antes de desaparecer e voltar à construção da torre.

Quase sessenta dias haviam se passado desde que o grupo de João Carvalho embrenhara-se no sertão. O combinado é que retornassem em quarenta dias, quer encontrassem ouro ou não. Depois disso, seriam considerados desaparecidos e estariam entregues à própria sorte. Movido por sua amizade a João Carvalho e pesaroso pela possibilidade de perder um grupo tão valioso, Bruno desconsiderou o acordo e enviou meia dúzia de soldados numa tentativa de fazer contato com a tropa desaparecida. Depois de dez dias avançando sertão adentro, e tendo como única notícia a informação de que João Carvalho guiara seus homens no território dominado pelo grupo de Tibiruçu, a pequena tropa resolveu fazer meia-volta e, o mais rápido possível, retornar à segurança do vilarejo.

Bruno esbravejou, amaldiçoou e espumou sobre o grupo que retornou:

– Já que haviam descoberto o caminho que João Carvalho tomou, por que não avançaram um pouco mais? Se não o encontrassem, pelo menos teríamos notícias mais precisas!

– Mas senhor, por quantos dias mais prosseguiríamos?

– O suficiente para saberem o que aconteceu!

– Pelo que apuramos, para alcançar as terras do sertão, teriam que passar por um território em guerra. Um bando de selvagens anda aterrorizando esta região...

Bruno apoiou-se na mesa sobre as duas mãos. Conhecia João Carvalho o suficiente para saber que o amigo adorava uma batalha e que não recuaria diante de nenhuma ameaça. Sabia que, mesmo conhecendo os riscos de atravessar um território hostil, ele prosseguiria, pois esta era sua missão. Mas sabia também que João Carvalho era meticuloso quanto às regras de segurança, e o fato é que passados os quarenta dias combinados, ele não retornara ou sequer enviara um mensageiro. Portanto, a dúvida não era se havia ou não acontecido algo, mas de que forma os homens haviam perdido a vida.

– Saiam! – ordenou ao grupo. Depois deixou a casa grande e foi rezar por João Carvalho e seus homens na capela.

O projeto que Bruno Scalfi iniciara com grande entusiasmo começava a dar sinais de cansaço. Construções foram abandonadas pela metade, longas extensões da mata que haviam sido derrubadas para o plantio começavam a ser novamente invadidas pela vegetação. A disciplina, que antes era quebrada apenas por pequenas rusgas entre os homens, agora descambava perigosamente para o descontrole.

Bruno, cujo raciocínio lógico e comedido transformara-se em entusiasmo febril, convocou Anísio Vilela para discutir o assunto. Na grande casa que funcionava como seu dormitório e escritório, sentaram-se entre mapas e projetos rabiscados. O comerciante dava voltas em torno da mesa em que estava Anísio Vilela:

– Você não está conseguindo controlar os homens.

– Tenho me esforçado, senhor, mas devo admitir que as coisas não estão indo como deveriam.

– Ora, e por quê?

– Os homens estão desanimados. O calor, os mosquitos, o trabalho incessante... talvez não estivessem esperando por isso...

– O que esperavam? Afagos, vinho fresco, comida quente? Você, Anísio, é o responsável por eles. E estes homens me devem, pois não os trouxe até aqui de graça. Não estamos numa viagem de férias, e sim num projeto de colonização. Faça-os entender isto!

– Tem mais uma coisa, senhor... os selvagens não querem mais trabalhar.

– Não querem?!

– Cansaram-se da brincadeira. Falam em partir.

– Pois obrigue-os a ficar. A todo custo. E quanto aos colonos, mostre a eles que as leis aqui serão mais rigorosas que em Portugal. Deixe claro que terão que cumprir os compromissos que assumiram comigo, custe o que custar. Custe o que custar, entendeu?

– Entendi, senhor. Vou reuní-los na praça agora mesmo e farei com que entendam isto. Quanto aos selvagens, não se preocupe, sei como obrigá-los a ficar. Basta chicotear um ou dois como exemplo que os outros mudarão de ideia rapidamente.

– Agora vá! Faça seu trabalho.

– Com licença, senhor.

Jean Marc estava em seu laboratório quando soube da notícia. Correu até a administração.

– Não pode obrigá-los a ficar! Vieram em paz e devem partir da mesma forma.

– Precisamos deles – Bruno falou, sem levantar a cabeça de suas anotações.

– E isto é suficiente para forçá-los a ficar?

– Tenho de manter a calma neste lugar.

– Escravizando seus amigos?

– Não são meus amigos. Apenas os alimentei enquanto me ajudavam.

– Trabalharam mais do que qualquer um de nós. Deixe-os ir!

– Escute, Jean Marc, os homens já falam em voltar para Portugal. Imagine se não puderem mais contar com a ajuda dos selvagens?

– Claro que falam em voltar! Vieram acreditando encontrar ouro sobre o solo e agora descobriram que precisam trabalhar duro para progredir. Tremem ao ouvirem a palavra esforço.

– Sei disso, o que justifica ainda mais minha decisão. Como fazer este lugar prosperar sem escravizar os índios?

– Mas não foi por Rafael que fizemos esta viagem?

– Principalmente...

– Que outros motivos nos mantêm presos aqui?

– Sei que tais assuntos não o interessam, mas esta é uma oportunidade única, Jean Marc. Portugal finalmente percebeu que não pode tratar estas terras como um quintal inútil. Martim Afonso de Souza fundou a vila de São Vicente, que progride a olhos vistos. Inúmeros engenhos de açúcar já funcionam em Pernambuco. Negros vindos da África começam a impulsionar a economia. Em breve os canaviais cobrirão estas terras de ponta a ponta. Nem que tenha de usar ferro e fogo sobre o lombo destes homens, juro que vou transformar este lugar em algo que se possa chamar de civilização.

– E quanto a Rafael?

– Suas palavras me deram esperança. Nada confirma que ele é o tal guerreiro, ao mesmo tempo em que tudo indica que ainda está vivo. Vou reunir uma tropa e eu mesmo comandarei uma busca. Vamos procurar em cada aldeia deste litoral.

– Quando?

– Em dois dias.

Jean Marc acordara mais cedo que de costume. Pretendia observar uma enorme estrela que o intrigava e cujo cume era entre o final da madrugada e os primeiros sinais da manhã. Mal havia acabado de fixar os pés da sua mesa de trabalho quando pensou escutar gritos:

– Os selvns cearm!

Intrigado, o francês levantou a cabeça em direção ao centro do vilarejo. A princípio o lugar parecia mergulhado na calma preguiçosa de todas as madrugadas. Percebeu que algo estava errado quando viu o homem sair de uma das ocas. Estava nu e tinha na face uma expressão de pavor. Finalmente Jean Marc entendeu cada palavra, quando o homem repetiu antes de fugir:

– Os selvagens chegaram!

Anísio Vilela, que vivia na última das setenta casas do vilarejo, apareceu empunhando um arcabuz e correndo em direção ao pequeno canhão, que um dos sentinelas tentava desesperadamente carregar. Subia a galope a colina quando uma lança assobiou no ar com tal velocidade e precisão que ele sequer sentiu dor quando tombou atingido por ela.

Como a maioria dos homens dormia com a orelha em pé, atentos aos perigos que os cercavam, os dois gritos foram suficientes para que pulassem de seus catres, acordassem os companheiros e corressem para a casa-grande.

Destes, alguns conseguiram sobreviver e alcançar a fortaleza.

Os que continuaram dormindo foram acordados apenas para contemplarem a imagem de um guerreiro tupinambá porta adentro. Não tiveram tempo para um segundo olhar.

Os tupiniquins, poupados naquele ataque por ordem de Tibiruçu, aproveitaram a confusão e desapareceram na mata, desperdiçando a chance de se vingarem dos portugueses, mas salvando a pele, pois temiam uma mudança de humor dos tupinambás.

Jean Marc correu até sua cabana para apanhar a espada escondida entre um feixe de ervas. Seguindo o francês, um indígena empunhou a arma para atacá-lo. Bruno, debruçado na janela da fortaleza, acertou um tiro que apenas raspou o joelho do tupinambá, mas isto bastou para que perdesse o equilíbrio e permitisse a Jean Marc escapar. Depois Bruno começou a berrar para os homens que ainda tentatavam lutar no centro do terreiro:

– Juntem-se aqui! Na administração!

O comerciante atirava, protegendo aqueles que conseguiam alcançar a fortaleza. Aqui e ali, viam-se algumas casas arderem logo depois de serem invadidas. A fumaça exalava um cheiro doce e enjoativo.

Jean Marc agarrou Cão Manco, segurando-o sob o braço esquerdo enquanto empunhava a espada com o direito. Ouvia a voz de Bruno, que entre um tiro e outro gritava para o amigo:

– Saia daí! Depressa!

O francês resistia em deixar seu laboratório entulhado de preciosidades. Foi obrigado a fazê-lo quando uma flecha em chamas atingiu o teto da cabana. Em poucos segundos o fogo se espalhou, fazendo com que garrafas explodissem como bombas. Ervas, mapas, aparelhos de observação e importantes anotações começaram a desaparecer nas chamas. Acuado pela fumaça, Jean Marc não teve outra alternativa a não ser correr para a casa-grande.

No andar superior da fortaleza, portugueses se enfiavam nas janelas descarregando seus mosquetes contra os inimigos. Vez ou outra enchia o ar a explosão de um canhão. Carregando Cão Manco sob o braço, o francês saiu em zigue-zague para o terreiro. Ouviu o assobio de uma lança voando junto à sua cabeça quando passou no centro do pátio. Não pôde ajudar o frade franciscano que caiu atingido por uma flecha e implorou enquanto tentava rastejar:

– Louco... me ajude a morrer abraçado à cruz.

Continuou correndo até alcançar a fortaleza. Atrás dele, dois portugueses feridos também conseguiram passar. Foram os últimos. Os que ainda tentaram atravessar o terreiro foram cercados por uma centena de indígenas que caíram sobre eles. Quando a nuvem de guerreiros se dispersou, estavam mortos. Dentro da fortaleza, além de Jean Marc e Bruno, abrigavam-se quase todas as crianças e a maior parte das mulheres. Dos homens, apenas trinta sobreviveram.

– Vamos morrer aqui dentro – um dos feridos resmungou.

– Pode ser, mas não sem antes gastarmos nosso último grão de pólvora – Bruno respondeu, ordenando em seguida que se contassem quantas armas de fogo tinham disponíveis. Depois de alguns minutos, o homem encarregado da tarefa gritou:

– Dez mosquetes, um canhão dos pequenos e duas dezenas de arcabuzes.

Jean Marc finalmente largou Cão Manco no chão. Tentou não ser dramático quando perguntou:

– E comida, quanto temos?

– Talvez o bastante para uma semana. Teremos problema com a água, não dura dois dias sequer, principalmente com tantas crianças – Bruno respondeu.

O francês não quis falar, mas pensou: "Acho que nossa jornada neste mundo termina aqui."

Os tupinambás andavam de um lado ao outro do vilarejo, incendiando as últimas casas que ainda se mantinham de pé. Um grupo de guerreiros acompanhou Tibiruçu quando ele contornou os destroços da igreja, que acabara de ser demolida a golpes de borduna.

O cacique se agachou para rabiscar na areia, gesto que repetia sempre que precisava decidir algo. Enquanto seus rabiscos iam crescendo, Bruno o observava pela pequena abertura. Sabia que era alguém importante tanto pela pintura diferenciada quanto pela forma como os homems o cercavam. Percebeu que, mesmo estando agachado, um bom tiro poderia alcançá-lo. Precisava apenas contar com um pouco de sorte e a firmeza das mãos. Enfiava o arcabuz pela fenda quando Jean Marc o impediu.

– Não faça isso!

– Está louco?! É nossa chance! – Bruno se assustou.

– Nossa chance é convencê-los a nos deixarem partir. E não será enfiando uma bala no cacique que conseguiremos.

– Como? Implorando aos seus valores cristãos? Olhe aqueles corpos estendidos no terreiro! Você acha que quem fez aquilo vai demonstrar alguma compaixão por nós?! Ora, Jean Marc, você não está lidando com seus astros, mas com selvagens! E eles vão nos devorar vivos se permitirmos.

– E o que conseguiremos se atirar nele?

– Nada. Sua morte já me basta – Bruno respondeu, virando-se novamente e enfiando o arcabuz pela fresta. Fechou o olho direito, ajustando a mira. De repente voltou, absolutamente pálido, e encostou na parede.

– Que foi? – Jean Marc quis saber. Como Bruno não respondeu, o francês enfiou a cara pela fresta.

Jupyajara se aproximara de Tibiruçu carregando um arco gigantesco que subia acima de seus cabelos louros. As pinturas de guerra cobriam o peito e as pernas. Quando se virou, a pele que um dia fora branca mas que o tempo e o sol tornaram dourada sobressaiu entre os tupinambás avermelhados. Mesmo àquela distância era possível enxergar a mancha de nascença que Jupyajara tinha no meio das costas, que lembrava um triângulo invertido. O francês tirou os olhos do buraco.

– O guerreiro...

– Rafael – Bruno murmurou, apoiando a testa na arma.

Quando a noite caiu, os tupinambás acenderam uma grande fogueira. Nem mais um tiro havia sido disparado, nem mais uma flecha lançada, num silencioso pacto de trégua temporária. Agora, os indígenas renovavam suas pinturas e se preparavam para incendiar a fortaleza.

Durante a tarde, as toras de pau-brasil espalhadas no terreiro foram colocadas junto à construção. Ajeitaram gravetos e palhas sobre a madeira, e tudo que faltava para a casa arder era uma ordem de Tibiruçu.

O cacique discursava compenetrado quando ouviu o rangido de ferro contra ferro.

A porta da fortaleza se abriu e Cão Manco saiu lá de dentro a passos lentos, mas alguém o chamou e ele retornou. Logo depois Jean Marc apareceu, fechando atrás de si a entrada da administração. Quando foi cercado pelos índios, o francês se abaixou humildemente e usou as poucas palavras que conhecia para implorar que o levassem ao chefe. Os guerreiros o ameaçavam gritando e encostando a ponta das lanças em seu corpo enquanto o empurravam. A luz da fogueira iluminou o rosto de Tibiruçu, que se aproximara. O francês finalmente atreveu-se a levantar os olhos. Vendo Jupyajara ao lado do chefe tupinambá, arriscou:

– Rafael.

O guerreiro desfez a expressão de ira que cobria seu rosto e trocou-a por uma de espanto. O chefe Tibiruçu também não pôde deixar de se surpreender quando ouviu o francês repetir:

– Rafael...

Jupyajara se adiantou e levantou o queixo de Jean Marc, olhando seu rosto.

– Lembra de mim? – o francês continuou, apostando nisto a única chance de manter-se vivo.

Jupyajara permaneceu olhando como quem examina uma grande novidade.

– Jean Marc... lembra?

Jupyajara olhou para o chefe Tibiruçu antes de dar alguns passos para trás, rodar um pouco em torno da fogueira e novamente encarar o francês para dizer:

– Sim...

Jean Marc sequer esperou Jupyajara recuperar-se.

– Bruno está aqui... na fortaleza.

– Bruno?

– Sim, seu irmão Bruno.

O chefe Tibiruçu finalmente saiu de seu silêncio e falou no português possível:

– Jupyajara nã té irmõ nos *peró*!

O francês não quis se arriscar a dizer nada. Esperou a reação de Jupyajara. Ele e o chefe Tibiruçu se afastaram alguns metros conversando com as cabeças coladas. Quando voltaram, Jupyajara disse:

– Vamo lá!

Jean Marc caminhou em direção à porta, seguido pelo guerreiro. Bateu três vezes seguidas e ela se abriu. Lá dentro a chama fraca da única vela dobrou-se ao sopro do vento. Os feridos gemiam de dor enquanto os outros gemiam amedrontados. Bruno levantou a vela e iluminou os dois homens que entraram. Quando Jean Marc se afastou, o comerciante viu Jupyajara caminhar em sua direção.

Os irmãos Scalfi ficaram frente a frente depois de quase trinta anos.

Trocaram olhares por alguns segundos e depois viraram de lado, um tanto perdidos.

Bruno tentava encontrar naquele indígena coberto de pinturas o garoto doce que um dia se chamara Rafael.

– Ainda lembra nossa língua? – foi a primeira coisa que conseguiu falar, esfregando uma mão na outra para esconder o tremor.

– Liembro...

– Rafael... – Jean Marc quis entrar na conversa.

– Soy Jupyajara!

Bruno engoliu em seco antes de perguntar:

– O que aconteceu?

O silêncio que se seguiu foi muito rápido, mas a impaciência de Bruno o fez insistir:

– Quando fomos embora e você ficou aqui, o que aconteceu?

Jupyajara colocou a lança sobre a mesa. Sua atitude defensiva começou a mudar quando tornou a olhar para o irmão e reconheceu naquele homem calvo e rijo traços do adolescente Bruno Scalfi.

– Na noite antes dos navio partir quebré a perna pulando de uma rocha. Caí num buraco e fiquei prendido nas pedra muitos dias, muitos noites. Tupiguara, pai do Tibiruçu, me achô case morto. Me levou pa tribo e cuidou de mim muito...

– Cuidou transformando num selvagem?

A palavra não ofendeu Jupyajara, que sorriu.

– Pelo menos seu sorriso não mudou – Bruno comentou, e isto o entusiasmou a propor, quase implorar:

– Vamos voltar para Portugal. Posso conseguir perdão para seus crimes, tenho prestígio junto à coroa. Não será difícil te transformar num cristão novamente.

– Acha que não podia voltá quando melorei? Não voltei porque casa minha agora é aqui, porque so um tupinambá.

– Um europeu, é o que você é! Ou preciso conseguir um espelho e esfregar no seu rosto?!

– Soy um tupinambá!! E isto nengum de seu malditos espelho vai mostrá!

– Sim, e não vai mostrar também que pertence a um bando de selvagens canibais que nos atacam como se trouxéssemos a peste.

– E traze sí! Traze muito! A peste, a ganância, o roubo e tambem traição!

Em alguns momentos Bruno sentia dificuldade em entender o português tosco do irmão. Levantava as sobrancelhas enquanto tentava decifrar o que havia sido dito, sob o olhar paciente de Jupyajara. Assim que conseguia, fazia um gesto para que continuasse.

– Nós nunca teve muito contato com os europeu. Tupiguara desconfiá deles mas deixava ficá nos litoral, enquanto nós ficava lá nas montanha. Mas europeu traiu nós. Sabe de qual jeito? Tem corage de ouví otra vez estória de foguerá?

Bruno olhou para o irmão com incontida surpresa.

– Você disse mesmo fogueira?

– Fogo, fogueira – Jupyajara repetiu corrigindo, e desta vez entonando bem as sílabas.

– Nosso aldea foi posto fogo por portugues que vinha enchê navio de agua quando ia pra África. Queria escravizá o índio e roubá as muleres. Nós fica surpreso com traição e corre, mas o chefe Tupiguara não consegue e sua cabana arde antes que nós pode salvá ele. Depois que morre Tupiguara, Tibiruçu vira chefe e diz que nós agora lutá contra europeu, nós qué europeu longe daqui.

Bruno sentou-se desolado no banco e engoliu um pouco de água.

– Não sabe o quanto sofri por sua causa. E agora o ouço falar como um maldito selvagem. Você também come gente? Você devorou aquele padre?

– Nom gosto de carne de padre. Muito doce... – Jupyajara respondeu e olhou para Jean Marc com um quase invisível sorriso nos lábios. O francês ficou surpreso, mas respondeu sorrindo da mesma forma, numa cumplicidade que usavam quando eram garotos e queriam enganar Bruno. Depois Jupyajara se virou, ficando de frente para o irmão.

– Acha que eo tambem nom chorei? Primeros dias na aldea só chamava seu nome, só queria ocê. Mas nem podia andá. Muto, muito tempo sem andá e tupinambá cuidando, eu só chamando Bruno, só chamando Bruno...

– Mas assim que foi possível eu vim atrás de você! Percorri o sertão, investiguei com os piratas, mas ninguém nunca soube dizer nada. Até que começou a circular em Portugal a lenda do tal guerreiro europeu.

– Agora vê que nom é lenda. Não achou porque nós tava escondido longe, muito longe muto tempo. Demorô demais eu andá, e quando andá de novo foi gostando de ser tupinambá, gostando jeito tupinambá. Mas só qué ficá mesmo com os tupinambá quando nós corre no mato fugindo dos portugues enquanto fogo comer chefe Tupiguara mesmo jeito dos nossos pais. Aí não quer mais ser europeu, quer ser tupinambá.

– Meu Deus – Bruno suspirou, e depois sentou pesadamente no banco. Compreender o português do irmão era difícil, mas tentar entender seus motivos provocara-lhe um cansaço quase insuportável.

Jupyajara viu a movimentação lá fora pela fresta. Os homens de sua tribo permaneciam em pé, esperando.

– Eu já vai! – ele disse finalmente.

– Somos irmãos, Rafael – Bruno ainda tentou.

– Por ser irmão nós deixá ocês ir embora... só por ser irmão.

– Como o tempo fez isto? Lembra que prometemos não nos separarmos nunca? Cuidarmos um do outro para sempre?

O guerreiro caminhou até Bruno, olhando o irmão nos olhos.

– Lembra si, mas vida andou de outro jeito. Com os índio achei o que eu e ocê tinha: amizade, confia no outro, alegre de tá junto. Espera que ocê também conseguiu achar isto quando que eu sumi.

Depois surpreendeu Bruno quando o abraçou manchando seu corpo com a tinta das pinturas. Ainda beijou o rosto do irmão antes de se virar e abrir a porta.

– Espere! – Bruno gritou, e foi até uma caixa miúda cheia de bugigangas tirando de lá o colar encontrado por Cão Manco.

– Isto te pertence.

Jupyajara apanhou o colar que há tanto tempo perdera. Apertou a medalha de prata que balançava entre os dentes de onça mas devolveu ao irmão.

– Agora é seu – presenteou. Antes de desaparecer ainda falou – Vai precisa uma caravela só para voltar sua casa. Vamo queimar as outra.

Juntou-se aos tupinambás e com eles entrou pela mata, sumindo na escuridão. Pouco tempo depois viam-se as chamas surgirem no mar.

Bruno se virou para Jean Marc que, assim como os outros, assistia com um silêncio quase religioso o diálogo entre os irmãos.

– Ele vai ser morto em pouco tempo.

– Quem sabe?

– A coroa vai exterminar todos os que opuserem resistência à colonização, não tenha dúvida. Principalmente aqueles a quem ela considerar traidores...

Jean Marc não respondeu. Bruno suspirou, apertando o colar cheio de contas.

– Rafael, meu querido irmão...

Na manhã seguinte os homens se prepararam para partir. O que restava dos navios incendiados boiava acompanhando as ondas que iam e vinham. Assim que os feridos foram ajeitados no porão, a caravela recolheu os ferros e começou a deslizar para fora da baía. Bruno e Jean Marc debruçaram-se na amurada olhando o país que ficava para trás.

– Encontrei o mundo que procurava. Em breve estarei de volta ao Brasil. E quando voltar, será para ficar – o francês falou, acariciando o pelo curto de Cão Manco, que dormia em seus braços.

– Creio que nunca mais coloco os pés aqui – Bruno disse.

– Mas e seus planos comerciais?

– Esqueça, posso continuar com o comércio no Oriente.

– É por causa de Jupy...

– Rafael! Rafael Scalfi! Ainda somos Bruno e Rafael Scalfi. Acha que poderia combater meu próprio irmão?

– Entendo você, mas ainda que reste algo de Rafael nele, em minha opinião aquele que encontramos é Jupyajara.

Bruno olhou para Jean Marc enquanto fazia correr entre as mãos o colar que ganhara. Depois de apreciar por alguns segundos a minúscula medalha de prata, arrancou-a num puxão.

– Sim, talvez você tenha razão. Este é Rafael, por quem

rezarei e que estará comigo para sempre – disse, guardando a medalha em um dos bolsos. Levantou o que restou do ornamento em direção ao francês – este é Jupyajara, um selvagem que desconheço e com quem não me importo – explicou, atirando o colar indígena no mar. Ficou olhando as contas coloridas, os caninos de onça e as penas flutuarem antes de completar:

– Mas como habitam o mesmo corpo, não posso lutar contra aquele que encontramos ontem.

Assim que as velas foram levantadas, a caravela balançou e chiou sobre as águas, ganhando velocidade. O contorno arredondado da praia e a grande mancha verde da Mata Atlântica foram desaparecendo lentamente. Quando entrava em alto-mar, a caravela de Bruno Scalfi cruzou com um navio carregado de colonos que chegavam. Vários deles acenaram para os dois homens que conversavam na amurada. Cão Manco latiu para a estranha aparição. Bruno ficou em silêncio observando a embarcação distanciar-se em direção ao Brasil. Jean Marc respondeu levantando o braço e berrando sobre o barulho das ondas:

– Boa sorte!

Nota do editor

As imagens que ilustram este livro são baseadas em gravuras feitas por duas figuras importantes na História: Jean-Baptiste Debret (Paris, 1768-1848) e Hans Staden (Alemanha, 1525-1579). Ambos, mesmo que em épocas diferentes, registraram os costumes e os fatos relacionados ao descobrimento do Brasil.

Glossário

AGUADA – Abastecimento da água potável usada pelas tripulações. Por sua localização, o Brasil passou a ser um importante ponto de aguada para as embarcações que seguiam para África ou o oriente.

ARCABUZ – Arma de fogo leve, portátil.

ASTROLÁBIO – Instrumento astronômico usado para medir a altura de um astro acima da linha do horizonte.

CALIFA – Título de soberano muçulmano.

CAPITANIA HEREDITÁRIA – Entre 1534 e 1536, a coroa portuguesa concedeu a súditos de confiança extensas faixas de terras junto ao litoral. Doze homens tornaram-se responsáveis por financiar a colonização e incentivar a produção agrícola do quinhão a que tiveram direito. Estas terras doadas – as capitanias hereditárias – deram origem às províncias e estados de hoje.

CARAVELA – Embarcação inventada pelos portugueses especialmente para as viagens de descobrimento através do Mar Tenebroso. Era pequena e robusta, de aproximadamente 25 metros de comprimento. Excelente para enfrentar ventos contrários e explorar litorais acidentados, servia de escolta à nau, que era muito maior e mais pesada.

CAUIM – Bebida fermentada à base de mandioca, fabricada pelas mulheres de algumas tribos.

DONATÁRIO – Indivíduo que recebeu uma doação. No caso do Brasil, eram assim chamados cada um dos doze homens a quem a coroa concedeu as capitanias hereditárias.

ESCALER – Embarcação pequena geralmente impelida a remo usada para realizar tarefas de um navio e em desembarques.

ESCORBUTO – O terror das tripulações durante o período dos descobrimentos. Era uma doença causada pela falta de vitamina C e que com frequência atacava os homens nas viagens, já que a alimentação deles resumia-se a pouquíssimos itens, sendo o principal um biscoito duro à base de farinha. Esta doença, quando não matava, fazia com que os lábios inchassem tanto que era preciso cortá-los.

FEITORIA – Estabelecimento comercial. No caso da coroa portuguesa, eram abertas feitorias em algumas partes do mundo, com o objetivo de cuidar de seus negócios, uma espécie de consulado voltado mais para os interesses comerciais que diplomáticos.

GRUMETE – O sujeito de categoria mais inferior na tripulação de um navio. O que mais trabalhava e menos direitos tinha.

MAÍRA – Franceses. Assim chamados pela maioria das tribos indígenas.

MAR TENEBROSO – Durante muito tempo, até que começassem as viagens cada vez mais distantes dos portugueses por suas águas, o oceano Atlântico era chamado de Mar Tenebroso, pois acreditava-se que monstros pavorosos, redemoinhos traiçoeiros ou mesmo muralhas de fogo engoliam aqueles que se arriscassem a enfrentá-lo.

MOSQUETE – Arma de fogo pesada, que geralmente precisava ser amparada numa forquilha para ser acionada.

NAU – Navio arredondado, grande e pesado, menos adequado que a caravela para enfrentar mares revoltos, mas com uma capacidade de carga bem superior.

NAU CAPITÂNIA – O navio principal de uma esquadra, onde viajava o comandante geral.

PERO Portugueses. Eram chamados assim pelos indígenas.

SABRE – Espada curta que tanto podia ser curva quanto reta.

TRATADO DE TORDESILHAS – Devido à possibilidade de um conflito entre Portugal e Espanha pelos direitos das terras descobertas e a serem descobertas, o Papa Alexandre VI reuniu os dois reis na cidade de Tordesilhas para assinarem um acordo, em 7 de junho de 1494. Por esse acordo, estabelecia-se uma divisão do Novo Mundo entre Espanha e Portugal, o que mais tarde causaria revolta às outras coroas interessadas em explorar novas terras.

TUPINAMBÁS– Indígenas que habitavam o litoral brasileiro na época do descobrimento. Resistiram à colonização e envolveram-se em vários conflitos com os portugueses. Normalmente aliavam-se aos franceses.

TUPINIQUIM – Indígenas tupis-guaranis que habitavam preferencialmente o litoral de Porto Seguro, à época do descobrimento. Foram os primeiros a receberem os portugueses e foram mais receptivos ao processo de colonização.

Cronologia

9 DE MARÇO DE 1500 – Deixam Lisboa três caravelas e dez naus. Oficialmente partiam rumo a Calicute, na Índia, cidade alcançada por Vasco da Gama dois anos antes. O almirante Pedro Álvares Cabral é escolhido comandante da esquadra.

22 DE MARÇO – A frota avista o arquipélago de Cabo Verde. Na madrugada seguinte, sem que haja temporal ou ventos contrários, desaparece a nau de Vasco de Ataíde.

21 DE ABRIL – Numa terça-feira os navegantes avistam algas, às quais davam os nomes de botelho e rabo-de-asno.

22 DE ABRIL – Na quarta-feira, aves chamadas fura-buxo sobrevoam as embarcações pela manhã. À tarde avista-se o monte arredondado ao qual Cabral chamou Monte Pascoal, em homenagem às festividades da Páscoa.

23 DE ABRIL – Reúnem-se todos os comandantes na Nau Capitânia. Nicolau Coelho e outros homens experientes são mandados à terra para examiná-la. É feito o primeiro contato com os indígenas.

24 DE ABRIL – Devido aos fortes ventos, a esquadra movimenta-se em direção ao norte tentando encontrar um porto mais seguro. Jogam âncoras ao mar novamente na

Baía Cabrália. Na mesma tarde dois indígenas são levados à presença do almirante. Passam a noite no navio.

25 DE ABRIL – Cabral e todos seus comandantes finalmente desembarcam, pisando pela primeira vez na terra recém-descoberta.

26 DE ABRIL – É rezada a missa de Páscoa pelo Frei Henrique Soares de Coimbra, a primeira em solo brasileiro.

2 DE MAIO – Levantam-se as âncoras, e a esquadra parte em direção a Calicute. Gaspar Lemos é mandado de volta a Portugal levando a notícia do descobrimento e a carta de Pero Vaz de Caminha. Dois grumetes desertam e ficam para trás, além de dois degredados obrigados a permanecerem em terra.

13 DE SETEMBRO – Finalmente Cabral chega a Calicute, depois de perder quatro embarcações naufragadas e uma desviada. As negociações são complicadas. Obtém licença para estabelecer a feitoria, mas esta é atacada. Vários portugueses são mortos, entre eles Pero Vaz de Caminha. Cabral bombardeia a cidade, afunda embarcações árabes, mas só consegue fundar nova feitoria em Cochim, cidade próxima. Em Cananor carrega seus navios de especiarias.

21 DE JULHO DE 1501 – A esquadra ancora novamente em Lisboa.

3 DE DEZEMBRO DE 1530 – Martim Afonso de Souza é enviado liderando a primeira expedição colonizadora ao Brasil. Funda São Vicente. Três anos depois cria o Engenho do Governador, importante passo para a disseminação do plantio e exploração da cana-de-açúcar.

10 DE MARÇO DE 1534 – É entregue a Duarte Coelho a primeira carta de doação das capitanias hereditárias.

29 DE MARÇO DE 1549 – Desembarca na capitania da Bahia o fidalgo Tomé de Souza, primeiro governador-geral do Brasil.

ALAN OLIVEIRA

Nasci em Belo Horizonte, na primavera do ano de 1959. Depois de rodar um pouco do litoral ao sertão, voltei a viver nesta cidade, enquanto não viro definitivamente um roceiro-escritor... ou um escritor-roceiro, ainda não sei quem vai vir primeiro.

Se me lembro bem, foi quando eu e um bando de outros alunos inquietos criamos um jornal na escola que nasceu o gosto por escrever, pois fazíamos pequenos (alguns grandes) artigos onde discutíamos questões do colégio e do mundo, resenhas culturais, etc. Daí para poesia, contos e estorietas foi um passo.

Então as coisas mudaram e eu fui viver no litoral e me esqueci de escrever. Depois fui viver numa casinha na roça e continuei me esquecendo de escrever. Mas lendo sempre, com uma paixão permanente, pois os livros desde cedo foram e continuam sendo grandes companheiros nesta jornada.

Quando depois as coisas mudaram novamente, voltei a escrever, e os livros começaram a sair um atrás do outro. Ganhei alguns prêmios literários importantes e também perdi vários, mas os livros continuam saindo, como este, por exemplo. Mil e Quinhentos é um livro que simplesmente adoro, pois acredito ter acertado na dosagem entre aventura e história, no peso correto de cada personagem dentro do texto, coisas assim, como um cozinheiro que, ao preparar um prato, fica satisfeito com a combinação dos temperos. E torce para que os outros pensem o mesmo.

Enfim, é ótimo ver este livro impresso e saber que seus personagens estão ganhando vida através dos leitores. Portanto, só posso esperar que, muito mais que informação histórica, ele desperte em vocês paixão, espírito crítico e, claro, que seja uma ótima diversão.